U0023693

武俠文化

Chivalrous Culture

易劍東／著

孟　樊／策劃

出版緣起

　　社會如同個人，個人的知識涵養如何，正可以表現出他有多少的「文化水平」（大陸的用語）；同理，一個社會到底擁有多少「文化水平」，亦可以從它的組成分子的知識能力上窺知。眾所皆知，經濟蓬勃發展，物價生活改善，並不必然意味著這樣的社會在「文化水平」上也跟著成比例的水漲船高，以台灣社會目前在這方面的表現上來看，就是這種說法的最佳實例，正因為如此，才令有識之士憂心。

　　這便是我們──特別是站在一個出版者的立場──所要擔憂的問題：「經濟的富裕是否也使台灣人民的知識能力隨之提昇了？」答案

恐怕是不太樂觀的。正因為如此，像《文化手邊冊》這樣的叢書才值得出版，也應該受到重視。蓋一個社會的「文化水平」既然可以從其成員的知識能力（廣而言之，還包括文藝涵養）上測知，而決定社會成員的知識能力及文藝涵養兩項至為重要的因素，厥為成員亦即民眾的閱讀習慣以及出版（書報雜誌）的質與量，這兩項因素雖互為影響，但顯然後者實居主動的角色，換言之，一個社會的出版事業發達與否，以及它在出版質量上的成績如何，間接影響到它的「文化水平」的表現。

　　那麼我們要繼續追問的是：我們的出版業究竟繳出了什麼樣的成績單？以圖書出版來講，我們到底出版了那些書？這個問題的答案恐怕如前一樣也不怎麼樂觀。近年來的圖書出版業，受到市場的影響，逐利風氣甚盛，出版量雖然年年爬昇，但出版的品質卻令人操心；有鑑於此，一些出版同業為了改善出版圖書的品質，進而提昇國人的知識能力，近幾年內前後也陸陸續續推出不少性屬「硬調」的理論叢

書。

這些理論叢書的出現，配合國內日益改革與開放的步調，的確令人一新耳目，亦有助於讀書風氣的改善。然而，細察這些「硬調」書籍的出版與流傳，其中存在著不少問題。首先，這些書絕大多數都屬「舶來品」，不是從歐美「進口」，便是自日本飄洋過海而來，換言之，這些書多半是西書的譯著。其次，這些書亦多屬「大部頭」著作，雖是經典名著，長篇累牘，則難以卒睹。由於不是國人的著作的關係，便會產生下列三種狀況：其一，譯筆式的行文，讀來頗有不暢之感，增加瞭解上的難度；其二，書中闡述的內容，來自於不同的歷史與文化背景，如果國人對西方（日本）的背景知識不夠的話，也會使閱讀的困難度增加不少；其三，書的選題不盡然切合本地讀者的需要，自然也難以引起適度的關注。至於長篇累牘的「大部頭」著作，則嚇走了原本有心一讀的讀者，更不適合作為提昇國人知識能力的敲門磚。

　　基於此故，始有《文化手邊冊》叢書出版之議，希望藉此叢書的出版，能提昇國人的知識能力，並改善淺薄的讀書風氣，而其初衷即針對上述諸項缺失而發，一來這些書文字精簡扼要，每本約在六至七萬字之間，不對一般讀者形成龐大的閱讀壓力，期能以言簡意賅的寫作方式，提綱挈領地將一門知識、一種概念或某一現象（運動）介紹給國人，打開知識進階的大門；二來叢書的選題乃依據國人的需要而設計，切合本地讀者的胃口，也兼顧到中西不同背景的差異；三來這些書原則上均由本國學者專家親自執筆，可避免譯筆的詰屈聱牙，文字通曉流暢，可讀性高。更因為它以手冊型的小開本方式推出，便於攜帶，可當案頭書讀，可當床頭書看，亦可隨手攜帶瀏覽。從另一方面看，《文化手邊冊》可以視為某類型的專業辭典或百科全書式的分冊導讀。

　　我們不諱言這套集結國人心血結晶的叢書本身所具備的使命感，企盼不管是有心還是無心的讀者，都能來「一親她的芳澤」，進而藉

此提昇台灣社會的「文化水平」，在經濟長足
發展之餘，在生活條件改善之餘，國民所得逐
日上昇之餘，能因國人「文化水平」的提昇，
而洗雪洋人對我們「富裕的貧窮」及「貪婪之
島」之譏。無論如何，《文化手邊冊》是屬於
你和我的。

孟樊

一九九三年二月於台北

序

　　武俠是一種中國特有的歷史和文化現象，它承載的是中國武術文化，體現的是中國倫理和道德文化。在中國人的心目中，武俠已經逐漸內化成爲一種特有的精神寄託。無論是熟讀史書的學者，還是目不識丁的農民，他們的心目中都或多或少、或深或淺地留有我們祖先的武風俠骨。雖然武功和俠客在當今社會已經逐漸失去了其生存和發展的環境，但是，讓自己擁有過人的武藝和企盼有大俠解救臨危受困的自己，依然是中國人心頭揮之不去的情結。

　　如同武術本身的攻防搏鬥原則、內外兼修特點、宗派門戶色彩是中國人特有的文化產物

一樣，依託武術產生的武俠文化也是中國人創造的一種特殊的文化類型。

從原始武術產生所需要的攻擊性本能和勇健性格時起，武和俠的文化基因就已經孕育了。此後，春秋戰國時期的戰爭風雲中孕育了一個獨特的階層——「士」。武俠就在他們當中產生了。雖然今天對於俠出於儒家還是出於墨家還存有爭議，但武俠產生於春秋時期是基本得到公認的。可以說，春秋戰國時代是一個需要俠客並且產生了俠客的時代。武俠在當時的時代風雲中經受了戰爭和政治的淘洗，逐步奠定了自身在中國武術和中國文化史上的地位。經過先秦游俠到兩漢豪俠，隋唐隱俠到宋明義俠的演變，中國古代武俠走過了二千多年的曲折歷程，也留下了許多值得今人追思的文化命題。

由於眾所周知的原因，中國大陸在八○年代以前並不提倡以搏鬥為目的的武術，武術社團和武俠小說也處於有節制的發展狀況，武俠影視更是幾乎湮沒。此時，香港、台灣的武俠

文化傳播得到了較大的發展，集中體現在武俠小說和影視成爲大衆娛樂文化的重要組成部分。這些文化媒體也部分地傳播到了中國大陸，爲中國大陸武俠文化傳播的興盛提供了條件。一九八二年，電影《少林寺》在中國大陸全面放映，立刻掀起了一場觀武演武、習武教武、研武講武的熱潮。在這個熱潮中，有關武俠文化的學術作品種類較多，爲我們考查中國古代武俠文化和現代中國人的尙武心態提供了重要的參考。

這些書大體可以分爲以下幾類：武俠小說評價類、武俠文學歷史類、武俠歷史源流類、武俠人物介紹類、武俠影視評價類。陳墨有關武俠小說的評論著述豐厚，影響很大；徐斯年有關中國武俠小說史論的成果引人注目；陳山和汪涌豪等有關中國武俠歷史的著作揭示了中國武俠的源流；王立和蕭放等有關中國古代俠客的介紹描述了中國武俠的典型人物事跡；陳墨撰寫的中國大陸目前唯一的武俠影視評論《刀光劍影蒙太奇——中國武俠電影論》堪稱

一部佳作。上述作品大多是九〇年代以後出版的，而且目前仍呈現上升的態勢。它本身也成為一種值得研究的文化現象。其突出特點是，多數作品只是從武俠文化的某一面向進行探討，並且較少與當前的現實作有機聯繫。這種狀況使得人們對於武俠文化的整體狀況難以了解，對武俠文化的現實意義也不易明瞭。直接影響到武俠文化精髓的發揚光大和武俠文化負面因素的消除。

　　蕭放主編的《中國古代俠客百例》以時間先後為線索，重點描述了中國古代著名俠客的事跡，為我們展現了一幅中國古代俠客的全景圖，許多描述細緻入微，形象生動，對於人們了解中國古代俠客的行為特徵具有重要價值。但該書以傳奇為例展開論述，有些內容與歷史事實存在一定偏差，需經詳盡考證才能採信。

　　王立撰寫的《中國古代豪俠義士》一書則沒有拘泥於俠客個案的描述，而是從整體上對俠客進行了探討，作者對作為歷史和文學現象的「俠」進行了深入分析，從俠與劍、俠的武

德、俠與盜、女俠及俠之婦女觀、俠與酒氣、
俠的負面、俠與功業理想諸方面進行了理論探
索，爲人們提供了武俠行爲的一般模式；其中
對武俠現象的中國文化背景的揭示還需要加
強。

徐斯年的《俠的蹤跡──中國武俠小說史
論》對武俠小說的歷史進行了梳理，並分析了
幾個典型個案，爲人們展示了中國武俠小說的
發展歷程。其不足之處是歷史過程的描述還不
夠詳盡和細致，武俠小說歷史規律的揭示還有
待深入。

汪涌豪的《中國游俠史》是有關武俠歷史
的一部較爲全面深刻的專著，作者既對游俠的
一般歷史規律作了揭示，又從游俠的社會關
係、活動方式、人格特徵、存在意義作了深刻
闡釋，還將游俠與歐洲騎士、日本武士作了文
化學意義的比較，具有歷史的縱深感和貫穿
感，揭示了武俠文化的深刻內涵。

上述諸書都是從武俠文化的某一個或幾個
面向進行闡述，爲人們提供了各不相同的武俠

文化的發展景象，但難以形成人們對武俠文化的整體和宏觀的認識。應該說，作爲整體的武俠文化在上述書籍中都無法得到全面闡釋。

只有一九九五年中國經濟出版社出版了由董躍忠撰寫的《武俠文化》一書，對武俠文化作了較爲全面的描述，也實際進行了一些分析。但是，可能由於對武俠文化的理解不夠全面，該書沒有論及武俠武功和武俠影視，也沒有分析武俠產生和發展的社會歷史原因，這不能不說是一個缺憾。

在當前社會情感和心智面臨轉型以及社會思想多元化的時代，武俠作爲人們心底的一種具有超越意義的象徵，依然有著極强的現實感召力。古代武俠的行爲方式、人格特徵至今仍然讓現代人心馳神往。武俠小說作爲一種成年人的「童話」、武俠影視作爲一種青少年的「遊戲」，在今天的中國乃至全世界，仍然散發著迷人的風采，牽繫和導引著無數眞誠而善良的人們。這種現象本身也因其持續時間長遠、輻射領域寬廣、影響程度深刻而引起了越來越

多的研究者的注意。

　　筆者原本與武術和武俠沒有任何淵源，但當了解到自己所出生和成長的江西省豐城市號稱「劍邑」，市直屬鎮號稱「劍光鎮」時，筆者的心靈受到了震撼。在了解到晉朝歷史上有關龍泉、太阿寶劍落戶豐城的神話典故之後，筆者的心頭更油然而生一種衝動。在這種衝動的刺激下，當我準備碩士學位論文時，中國近代武術成為我選定的研究課題，並從此確立了我目前的主要研究領域——中國武術文化。劍俠、劍氣、劍膽作為武文化的重要內容已經內化於我個人的日常生活之中，我的姓名中的「劍」字也或多或少促使我在武俠精神的感召下生活著。

　　當今的中國大陸，社會經濟已經與古代中國不可同日而語，但社會環境在某種程度上卻存在某些「暗合」。古代的鏢行是以鏢師為主體的，今天的保全業是建立在保安基礎上的，這兩者都是需要身體防護和搏鬥技能的，鏢師和保全在自己所處的社會都扮演著技能超出常

人、毅力和心智勝出普通人的社會正義的保護
者角色。他們之間是否存在著武風和俠骨的傳
承關係呢？社會治安的維護從來都不僅僅是由
國家權力機關來維護的，它總是需要普通大眾
具備面對不良侵害時的應對能力。這個規律已
經被我們身邊的無數事實所印證。這其中是否
能激起我們對古代俠客所具有的無所畏懼的強
者心態的呼喚呢？

　　歷史常有驚人的相似，但這個道理常常在
活生生的現實面前被人們所忽略和曲解。在我
們重新梳理中國武俠文化的各個面向時，我們
不能不再次提出這樣一個永恆的命題。我們每
個人都有意或無意、自覺或不自覺地在踐行著
前人的路，我們也存在諸多自身無法擺脫的歷
史慣性。這其中，浸潤著我們祖先優異特質的
許多智慧、情感是尤其需要我們珍視的。今天
重新拾起武俠文化這個看似離我們遙遠的話
題，正是為了讓人們在歷史和文化的薰陶下思
索我們的現實。從而在自己的行為方式和情感
歸屬、思想傾向諸方面整理出適應時代的理路

和模式來。

　　古語曰：「大象無行、大音稀聲」；又言：「大道不器」。

　　筆者不希望自己對武俠文化的闡述讓讀者無從把握，也不想讓讀者停留在僅僅緬懷古人的武風和俠骨上。

　　從這個意義上看，筆者的這本《武俠文化》倒願意充當一個小器，有些小用。

易劍東

目　錄

第一章
武俠源流——
武俠的發展足跡

　　要探討武俠的源流，必須首先從「武」及武術的產生說起。雖然武俠發展到後期出現了重俠輕武的傾向，甚至有俠無武的狀況，但從發生學的意義上，我們還是應該將視角投向中國武術的源頭。

　　中國武術具有悠久的歷史，它產生於遠古人類與大自然的搏鬥及部落之間的戰爭。從廣義上說，運用拳腳或使用器械的格鬥形式多少都與武術有些關係。但是，由一般的打鬥上升為武術，其間經歷了一個由高到低、去蕪存菁的漫長發展歷程。滿足攻擊本能需要的隨意性的打鬥活動，與生產、狩獵所提供的動作原型

相結合，經過一定的選擇提煉而形成逐漸規範
動作和具有一定層次節奏與相對穩定結構的身
體動作組合，形成運動方式。這些方式運用於
與人鬥和與獸鬥，於是具備了武術的基本特
徵。拳打、腳踢、躲閃、摔跌以及運用木器、
石器等進行劈、砍、刺、扎、擲等動作都具有
武術的意味。

　　顯然，中國武術不僅僅是上述動作和技術
簡單演進的結果，而是融攝了中國文化諸因素
的精髓而形成的一種文化。這種文化的特殊性
在於，它建立在奇妙神奇的搏擊術基礎上，它
呈現出十分鮮明的中國地域文化特徵，它的內
外兼修特點具有深刻的哲學內涵，它的道德色
彩是中國倫理文化的典範。

　　這些武術文化的特殊性其實就孕育了武俠
文化的諸多個性。神奇的技擊術奠定了武俠的
物質基礎，鮮明的地域特徵造就了武俠的社會
環境，深刻的哲學內涵孕育了武俠的精神內
涵，強烈的道德色彩形成了武俠的人格模式。
武俠成為武人中備受推崇的典範，武俠文化成

為武文化中積極的核心，都是中國武術在發展之路上合乎邏輯的必然結果。武俠豐富和完善了中國武術文化，它自身也成為中國歷史發展鏈條上一個不可缺少的環節，從而引起了越來越多有識之士的興趣。

武俠的形成並不是一夜間的事，它自身的特性及其在中國歷史上的地位注定了它必然要經歷無數的風霜雪雨，在坎坷中生存，在鬥爭中成長。

武俠留下的印跡，從某種意義上說就是中國武術文化足跡的寫照，中國武人命運的寫照，中國世俗文化發展歷程的寫照。

一、先秦游俠

許多研究者認為，武俠首先來源於春秋戰國時期的「士」階層。而「俠」字也是在春秋戰國時期產生的。這些說法不難從諸多的古代典籍中得到證明。

　　古代所謂「士」，一般指稱武士，其中許多「士」戰時執干戈衛社稷，平時爲卿大夫家臣，很難區分文武。著名史學家顧頡剛就認爲古代庠、序、學、校等都是用來肄射習武的，楊寬論證西周大學的教學內容「以禮樂和射御爲主」。這些都說明西周時的武士和文士並未分離。

　　春秋末期，士的指稱發生了變化。顧頡剛認爲，孔子死後，他的弟子開始傾向內心修鍊，不再強調武事，甚至羞於武事。戰國時期，時人「慷慨赴死之精神且有甚於春秋，故士之好武者正復不少，彼輩自成一集團，不與文士混。以兩集團之對立而有新名詞出焉：文者謂之儒，武者謂之俠。儒重名譽，俠重意氣……古代文武兼包之士至是分歧爲二」。顧頡剛的說法雖然不能完全作爲文士和武士分途以及武俠出現的唯一證據，但它至少爲我們提供了一個觀照武俠源流的視角。韓非子在《五蠹》中也曾提及：「儒以文亂法，俠以武犯禁」，印證了顧頡剛有關文武分途的說法。

　　「俠」的出現到底始於何時也是值得注意的。因爲對武俠的探討離不開對俠的考查。據馮友蘭在〈原儒墨補〉一文中考證得出：「俠之一字則在晚周較晚的書中，方始見。」直到戰國中期，典籍中還沒有發現有「俠」的專門名詞出現。當時的「士」普遍出現於各種典籍中，《管子・問》中有「國之豪士」，《莊子・說劍》中有「劍士」之稱，《韓非子・顯學》中出現了「私劍之士」，《墨子・備梯》中有「死士」。這些「士」的出現反映出當時武學高深和具有俠義精神的人物已經較爲普遍地出現了，但還沒有產生「俠」的名稱與系統的稱謂。在認爲俠出於墨家的研究者看來，《墨子・經上》篇中「任，爲身之所惡以成人之所急」可能是關於「俠」概念的最早闡述。因爲任俠就是人們通稱的行俠。

　　根據《說文解字》和中國文字的假借等規律，我們可以較爲清晰地看到「俠」字及其概念和內涵的最初演進歷程。作爲中國武術重要靈魂之一的劍與俠的關係尤其值得考究。劍一

般「挾之於旁」，最初的劍往往是用手臂夾帶的，所以劍又被稱為「鋏」。戰國時期，「俠」字與「夾」、「挾」是通借互用的。段玉裁就曾指出：「經傳多假『俠』為『夾』，凡『夾』皆用『俠』。」而「鋏」字在先秦後就很少見，而「俠」字多見，這很可能是由於「俠」逐漸取代「鋏」的緣故。

　　需要明確的是，從「武士」到「俠士」轉變的過程中還曾經出現過一個過渡階段的特殊階層──「國士」。春秋時期的武士十分強調拳勇和技擊，各地武士常常聚集在一起進行武藝競技，《管子·七法》、《國語·越語》都曾記載過當時各地武士的比武盛況。這些人當中的佼佼者往往被選拔出來充當各國的精兵勇將，這些人被稱為「國士」，專指從武士中挑選出來的勇士。這些國士是當時國家強制性的選拔兵將制度的產物，但它無疑促進了當時武術的發展。到了春秋後期，出現了「國無定交，士無定主」，國士們大多成為「游士」，這其中便誕生了游俠，游俠是春秋後期和戰國

時期政治更迭和社會流動的一個鮮明寫照。所以，戰國時期的俠客就以游俠爲代稱。

　　戰國時期的俠客被稱爲游俠，反映了他們放蕩不羈的行爲方式，而他們的人格特徵也在這種生活方式的影響下體現出十分鮮明的「游」的特色。漢代歷史學家荀悅本著救世熱忱寫就的《漢紀》一書就對這種「游」的特徵作了揭示。他在提到「世有三游，一曰游俠，二曰游說，三曰游行」後，特別指出：「立氣勢，作威福，結私交，以立強於世者，謂之游俠。」雖然荀悅不滿游俠，認爲他們不遵守道德禮儀和等級制度，並對社會穩定構成威脅，但是我們依然可以從他的論述中看出游俠的特徵。他們游離於社會既定的規範之外，蔑視社會的一般價值觀念，往往採取極端的抗拒行爲。燕國武士秦舞陽十三歲就殺人，「人不敢迕視」。荊軻和好友高漸離在鬧市旁若無人地飲酒、唱歌、哭泣。這些行爲實在是一般人所不爲或不敢爲的，而游俠則當成家常便飯。《呂氏春秋・當務》篇中甚至講述了一個齊國的兩個好

勇者互相喝酒，並用刀割對方身上的肉下酒，最終同歸於盡的事。所謂‧「抽刀相啖，至死為止」，令人膽破心驚。

戰國時期游俠的形成具有相當鮮明的時代特徵，也就是說，是戰國特有的社會環境孕育了游俠。當時社會被王夫之稱為「古今一大變革社會」，既往的社會制度遭受了明顯的破壞，私田大增及其合法化造就了一批自耕農，而居住和遷移也更加自由，這就給下層民眾提供了一個發展的機會。著名的說士張儀就是從平民而躍升為秦國丞相的。大量城市的興起及其就業謀生的更大可能性使得武俠有了活動中心，當時的許多城市已經成為政治、商業和文化中心，魏國力士朱亥和俠士侯嬴的交往、荊軻與魯句踐的比武、荊軻與高漸離的交游都是在城市中進行的。

還有一個值得注意的現象是，戰國時期的動盪環境還使得民間純樸的民風受到了衝擊，不擇手段的風氣開始抬頭，見利忘義的風氣也逐漸盛行，各國對人才的渴求也造成了重才輕

德的用人觀，這些因素都使得作爲社會正統文化背叛者的游俠顯得愈加突出，他們往往就是在與社會正統觀念對抗中凸顯自己的獨特人格的，作爲「文化離軌者」的游俠就在這樣的社會裡充當了挽救頹廢世風的文化責任。甚至可以這樣說，如果戰國時期社會風氣積極健康、情義至上的話，就沒有游俠的產生，即使有游俠也是無法凸顯其獨特性的。游俠扶危濟困、厚施薄望以對抗不擇手段、貪富圖貴；游俠好勇尚義、氣節至上以反叛用人唯才、重才輕德；游俠重氣輕命、貴交尚信以排斥見利忘義、趨炎附勢。於是，游俠就成爲與世風格格不入的角色，這種角色意識的逐步強化反過來又促使游俠自身成爲正統社會的反叛者。

　　戰國社會的精英和大眾文化，上層和下層文化並未完全分野。而當時的養士之風就爲游俠提供了踐行自己理想的機會。在著名的四公子——齊國的孟嘗君田文、楚國的春申君黃歇、魏國的信陵君魏無忌、趙國的平原君趙勝的養護和聚集下，游俠獲得了與上層社會文化

溝通的機會。這些養士者的家中及其活動區域自然成爲溝通上層和下層社會的場所。從歷史記載可以看出，四公子門下聚集的食客都在三千人以上，當然，游俠也有不少位列其中。如秦國圍困趙國邯鄲時，趙王命平原君突圍到楚國尋求救兵，平原君挑選了「食客門下有勇力文武備具者」一同前往，解圍後，平原君又「得敢死之士三千人」，這說明平原君的門下聚集了大量的俠士。大量的游俠聚集在四公子門下，很重要的原因是當時的四公子對人才的選拔和任用制度符合游俠的習性。他們「知人得士」、「不分貴賤，一與人等」、「合則留，不合則去」的做法爲游俠的活躍提供了優越的環境和條件，並且對游俠獲得社會承認產生了重要作用。

　　當時許多游俠的事跡及其所激起的回響就說明了游俠的社會地位。齊國的勇士聶政受到韓國大臣嚴遂的厚待，嚴遂委託聶政殺死迫害自己的韓國丞相俠累。聶政在母親去世後一人來到韓國都城，當時韓國正在舉行「東孟之

會」，韓國國王與俠累都在大堂，聶政衝開衛
兵，上前刺殺俠累，由於俠累抱住韓王，聶政
將二人一併殺死。爲了不連累親人，聶政在衝
出重圍後割去自己的臉皮，挖去眼睛，毀容後
剖腹自殺。韓國懸賞千金想弄清刺客的身分。
聶政的姐姐感嘆「愛身不揚弟之名，吾不忍
也」，到鬧市抱住聶政的屍體痛哭，說出了聶
政和自己的身分，然後自殺在聶政的屍體旁。
這樣的感天動地的故事只能發生在游俠身上，
它所昭示的游俠精神代表了戰國時期游俠的整
體精神風範和人格氣質，可以稱之爲那個時代
的精神旗幟。豫讓、荊軻、魯仲連、唐雎、專
諸、要離等俠客的爲人處事也體現出如聶政一
般的游俠氣質，他們因之在當時和後人中成名
的事跡也散發出迷人而獨特的人性光輝，構成
了戰國時期中國社會昂揚奮進的俠風。

二、兩漢豪俠

　　漢代初期，戰國時期的游俠之風依然不衰。秦國的暴亡使得各種勢力交相紛爭，社會變動的激烈程度有增無減。秦時的韓國貴族後裔張良就有家僮三百，並且有一個能夠使百斤鐵錘的力士投奔他，後來這位力士在秦始皇外出時用錘誤中副車，刺殺計畫落空。類似張良這樣養俠和任俠之人在當時還有不少。到了劉邦稱帝之後，游俠依然大量存在，如齊國的貴族田儋和其弟田榮、田橫，都是能夠網羅俠客的豪強地主。特別是田橫，曾擁兵對抗楚漢，並且將劉邦的說客酈生烹殺了。劉邦稱帝以後，田橫帶著徒屬五百多人隱居海島。劉邦想任用他，強行招他入朝。他恥於昔日與劉邦南面稱孤，如今北向事人，而且酈生的弟弟還在朝中，於是在京城的路上自殺。

　　西漢時期，俠客的身分十分複雜。朱家、

郭解、劇孟都出身貧民，後來成為著名俠客。他們開始沒有自己的田產，也不為官，但後來透過自己的努力形成了為巨富；灌夫、寧成等則是家乘千金、役使千家的富豪出身；還有如袁盎、欒布、鄭當時等亦官亦俠之俠客。如鄭當時以任俠自喜，「每五日洗沐，常置驛馬長安諸郊，存諸故人，請謝賓客，夜以繼日，至其明旦，常恐不遍」。王溫舒、朱雲、劇孟，少好任俠，鬥雞走狗，乃或椎埋為奸，借客報仇，無所不為，成年後折節自勵，入仕為官。可以看出，西漢俠客中擔任官員者很多，不僅任俠之人年長改節後多為高官，他們即刻正任氣作威，也可位達官、爵列侯。這種現象出現的原因之一是文景以來納粟買爵辦法的推行，特別是武帝將其擴大化，規定凡入羊穀奴婢，都可以授官增秩，大者封卿大夫侯，小者為郎吏，從而使豪強地主、郡國豪傑進入官場的機會大增。這說明漢代政權穩定以後，豪俠成為各種政治勢力爭相拉攏的對象，獲得了特定的生存環境。

　　西漢時期的俠客大多生活在城市，尤其是人口集中的政治和文化、經濟中心長安和洛陽，如郭解、劇孟主要生活在洛陽，朱安世主要出沒在長安。這些俠客在城市中有的有自己的職業，有的整天遊蕩無度。在這些城市中，各種閒雜人等成為俠客的幫手，或者與俠客對立使俠客獲得表現的機會。西漢時期，城市的許多俠客大多規守自己的活動範圍，一般互不侵犯，有些類似於今天的黑社會。就一個地方而言，俠客自身以一個俠魁為中心形成集團活動，大多形成地方的權威勢力，甚至惡勢力。這與戰國時期俠客大多分散的狀況已經產生了變化，所以戰國時期的俠客被稱為「游俠」。而西漢時期的俠客不僅活動區域相對固定，而且勢力也因集團活動而大大超過戰國游俠，不少俠客還以宗族為單位進行同族內部的活動，因此漢代的俠客往往被稱為「豪俠」。

　　西漢俠客中的幾個典型人物的事跡很可以說明當時俠客的一些特徵，如朱家、郭解、劇孟、樓護、陳遵、原涉諸人。朱家藏亡匿死，

從不張揚。他賑濟別人的原則是從貧賤者開始，使得自己的生活十分簡樸，他做好事從不圖報。郭解年輕時做了許多壞事，成年後改邪歸正，他「振人之命，不矜其功」，常常以德抱怨，厚施薄望。一次他出門時，有人叉腿斜視，手下的門客十分氣憤，想殺死那人以謝郭解，郭解卻沒有同意。他認為同一里巷的人不尊重自己的原因是自己的德行修養不夠所致。當他入關時，「關中賢豪知與不知，聞聲爭交歡」。當他犯罪出逃時，有一個名叫籍少翁的人冒險幫助他出關，甚至為了使灌夫不知道他的行蹤而自殺。劇孟也在當時聲名顯赫，甚至有「得劇孟若得一敵國」的說法。這樣的聲譽的獲得當然並不容易，劇孟樂善好施，賑窮濟困，死的時候家裡的財產不足十金。宋代的司馬光對劇孟的影響大持懷疑態度：「劇孟一游俠之士耳，亞夫得之，何足為輕重。蓋其徒欲為孟重名，妄撰此言，不足信也。」「若得一敵國」和「何足為輕重」的說法都有偏頗之處，事實上劇孟的影響介於兩種說法之間是符

合實際的。原涉是漢成帝時期的閭里俠魁，他
開始任谷口縣令，後來因為季父被人殺害而主
動辭官，谷口的一些豪俠替他殺死了仇人。他
被迫亡命出逃，後來因為大赦而回到谷口，受
到當地豪俠的擁戴。他熱心幫助他人的行為也
是獲得社會聲譽的重要原因，這也使他家財不
豐，甚至造成「衣服車馬才具，妻子內困」，
落到無錢修造祖先墓地的窘境。

　　漢代初年還繼承了戰國時期的養士之風。
漢高祖劉邦兄子吳王劉濞、淮南王劉安（漢高
祖孫）、衡山王劉賜（劉安弟）、梁孝王劉武
（漢景帝弟）最為著名。劉濞、劉安聚養的賓
客達幾千，劉武招延四方豪傑，劉賜心結賓
客，淮南王劉安更是優待境內有少女的民家，
讓他們準備將自己的女兒下嫁自己招徠的俠
客，造成淮南「女多而男少」的狀況。漢文帝
劉恆在還沒有當上皇帝時曾經專門建造「思賢
苑」以招集天下豪傑，苑中的布置十分奢侈和
豪華。這是當時社會情勢下一些重要人物政治
野心、虛榮心理、誇飾虛驕的綜合社會心態的

產物。從西漢養士的情況看，劉氏貴族的養士
並不是個別現象，而且其他貴族，甚至一些地
方官也熱衷於養士。不過此時的養士已經失卻
了戰國時期的大義，而是具有為個人野心服務
的鮮明目的。這種養士之風也促使貴族自身內
部產生了不少任俠之人，並且這種慣性一直延
續到東漢。不難看出，這種任俠之風已經從一
般的「士」波及到養士的貴族本身，它不但擴
展了俠的範圍，也間接為俠的發展提供了發展
的良性機制，因為一些貴族也試圖透過自身的
俠名賢名於世。

　　漢代俠風進入上層社會無疑促使上層社會
發生了一些變化，他們開始樂於從下層民眾中
選擇具有俠風的武藝高強者，這些俠客和上層
人物一起形成王朝政治風雲變革中影響時局的
關鍵因素。

　　漢代俠並非只有豪俠一類，雖然豪俠是當
時影響最大的俠客類型。從歷史記載來看，漢
代的俠客出現了明顯的分化，司馬遷在《史
記・游俠列傳》中就提及了匹夫之俠、閭巷之

俠、鄉曲之俠等各種分類，而當時的俠客分化
尚處於萌芽階段。在此後的《漢書》和《後漢
書》中，也出現「併兼者」、「雄張閭里」的
「桀健者」等武俠分化現象的記載。

　　這其中還有一個重要現象是武俠內部一些
人發生了變質，這其中重要原因是上層社會拉
攏武俠的結果。郭解是一個典型的個案，他個
人的變質代表了漢代武俠發生變質的跡象。雖
然郭解年少時劣跡甚多，成年後洗心革面，成
爲人們崇敬的俠客，但他的手下卻仗著他的勢
力橫行鄉里，危害四方，而他也無法管束。從
郭解的例子可以看出，俠客已經不再是民間百
姓的保護神，而是體現出具有百姓對立面的鮮
明特徵。更重要的是，一些俠客也想方設法巴
結官員以在仕途上攀升，甚至蛻變爲新權貴。
「京師大俠」樓護的個人經歷就是一個典型的
例證。由於樓護善於唇槍舌劍的辯論，他聽說
外戚王氏五兄弟「競致奇膳」，他處心積慮地
烹調了一道名菜，取得了王氏五兄弟的歡心，
這道菜被稱爲「傳食五侯間」。後來樓護因此

獲得朝廷賞識，不久就被舉薦爲廣漢太守，進入了上層社會。王莽執政後，樓護捕獲了王莽的仇人呂寬，於是被封爲息鄉侯，委以京畿三輔的防衛長官的重任，位列九卿，其子世襲其職。

　　統治階級的部分成員進入豪俠階層也是促使豪俠分化和變質的一個重要因素。漢宣帝寵臣陳遵酗酒縱欲，生活放蕩不羈，「惡不可忍聞」。他因爲率衆鎮壓「槐里大賊」趙朋、霍鴻的起義有功，被朝廷封爲嘉威侯，歷任數朝顯官，後來被王莽委以重任。王莽兵敗被殺後，陳遵又投靠宗室劉玄企圖東山再起，終於被義軍殺死。這樣一個極其容易變節的人物卻在長安具有很高的聲譽，地方官吏和郡國豪傑都很尊重他。

　　值得注意的是，兩漢俠客的分化和變質除了上述特殊的歷史原因外，還有其內在的本質因素。當時的俠客在中國俠文化的發展進程中尚處於不成熟階段，他們的政治意識和行爲方式並沒有完全穩定和成形，具有較鮮明的盲目

性、自發性、隨意性特徵。先秦時期的武俠大多是被政治家和陰謀家所利用而顯示俠名的，他們的政治意識顯然是不成熟的。西漢時期，武俠中由於介入了貴族豪門和富商階層乃至鄉野村夫，其自身自然形成了並不穩定的組合模式，金錢和權勢、復仇欲望和官場攀升心理的錯雜交織，使得武俠中的許多人物難免因各種誘惑發生分化和變質。

儘管俠客與官場的關係具有協調的一面，但是豪俠在本質上仍然難以避免對朝廷和政權的對立性和叛逆性。首先，這些豪俠聚集一地使得自身活動區域、勢力範圍固定化，形成了稱霸一方的強權勢力，對地方政府和中央政府構成的威脅也是客觀存在的。西漢初期的地方豪俠有魯國朱家、楚國田仲、陳國周庸（膚）、代郡諸白、梁地韓無（毋）辟等等，他們都屬於地方豪強。西漢末年，地方豪俠蜂起，武俠進一步豪強化，甚至出現了像郭解這樣世代為俠的情況。其次，戰國時期以個體活動為主的游俠開始轉變為結私交、合死黨、聚

幫派、集宗族的活動形式，這種「結黨連群」
的方式具有多種方式，包括以某個有名望的豪
俠爲首聚集的群體，包括地方幫派豪強勾結，
包括整個豪強階層與地方甚至中央官吏建立政
治聯盟。最後，武俠的豪強化使之變成豪強地
主，形成地方武裝力量。

　　正因爲如此，兩漢時期也出現了幾次較大
規模的剿殺和鎮壓豪俠的活動。豪俠透過他們
自身的感召力所聚集起的武裝力量客觀和潛在
地對政權構成威脅，有些俠客的武裝力量甚至
超過當地的地方官府。豪俠結社及其武裝的非
官方化從組織體系上構成了朝廷和社會的威
脅，他們在民間所構築起的組織網絡甚至可以
超過官府的控制系統，地方治安等大事小情的
處置權很大程度上都控制在豪俠的手中。所以
他們被稱爲「權行州獄，力折公侯」，對地方
政權體系的穩定及其功能的發揮產生了巨大的
消極影響，而且，豪俠內部崇尚和踐行的崇
名、復仇、報恩、尚義等風氣所引發的許多行
爲也爲官府所不容。

　　於是，西漢皇族對豪俠進行了三次大規模的打擊和鎮壓。漢景帝劉啓首先實施了對豪俠的第一次大規模打擊，他採用了派遣得力官吏直取豪俠活動中心進行剿殺的方法。《史記‧游俠列傳》和《史記‧酷吏列傳》分別記敘了這次行動的原因和具體過程。酷吏周陽由是「最爲暴酷驕恣」的一個，漢景帝不斷重用他鎮壓豪俠，讓他到豪俠最活躍的地方頻繁出兵鎮壓。漢景帝還重用酷吏寧成，任命他爲中尉，負責京城的治安。他捕殺了大量豪俠，使得「宗室豪傑皆人人惴恐」，長安的治安狀況得到好轉。但是從總體上看，漢景帝的鎮壓並未治本。漢武帝的做法較之漢景帝更進一步，他採取了遷徙豪強、實施「告緡令」、「以俠治俠」等三項主要措施。其中西元前一三八年漢武帝下詔「徙郡國豪傑及訾三百萬以上於茂陵」，進行了一次大規模的地方豪強遷徙，使得地方豪俠割斷了與地方的聯繫，被中央政府所控制。著名的關東大俠郭解就在這次遷徙中元氣大傷。此後，漢武帝還進行過豪俠的遷

徙，進一步打擊了地方豪俠的勢力。西元前一一四年，漢武帝還頒布「告緡令」，命令豪強的稅費立基在其占有田地及使用奴婢數量上，並全部以錢數計算，試圖「用鋤築豪強兼併富商大賈之家」，最終達到了從政治上和經濟上打擊豪俠的目的。漢武帝還利用曾為豪俠的官吏去鎮壓豪俠，王溫舒自身就是殺人的豪俠，漢武帝利用他鎮壓豪俠，他又從自己當年的隨從中挑選部分「豪敢」之士參與鎮壓豪俠的活動。在漢昭帝、漢宣帝繼續鎮壓豪俠的基礎上，漢成帝又開始了第三次對豪俠的大規模打擊。漢成帝首先優先集中力量鎮壓京師的豪俠，普遍運用「以俠治俠」的方式，他還注重重點打擊一般的豪俠，拉攏勢力巨大的豪俠。這些打擊豪俠的方法在東漢王朝也沒有被統治者放棄。

三、隋唐隱俠

　　兩漢以後，中國步入了魏晉南北朝時期，此時的一個顯著社會現象就是民族融合。在南北割據的紛爭戰亂背景下，流民大量增加，促生了大量布衣匹夫之俠，而東漢後期大量擁有私人武裝的豪俠繼續存在，使得不少卿相之俠依然活躍。從總體上看，魏晉南北朝時期，俠的內容更趨多元化，體現出衰世放狂的鮮明特徵。當時的武俠在政權更迭頻繁、社會變化無從把握、社會心理崇尚權勢的特定亂世背景下依然活躍，並且多數俠者的心態和行為體現出較強的功利色彩，以至於有人認為不應該再給俠客立傳了。

　　北周的外戚楊堅建立隋朝後，一度使得社會發展呈現出上升態勢，但隋煬帝的暴政和國內環境的變化使得隋朝很快在起義的烽火中土崩瓦解。儘管如此，隋朝的俠客也一直不少，

特別是隋朝的開國者中有大量俠客存在。由周入隋的梁士彥自小任俠，因軍功屢次獲得升遷，後來甚至密謀造反，被人告發而遭處死。元諧「家代貴盛」、「性豪俠有氣調」，少年時與楊堅一同求學，後來成為隋朝開國功臣，也由於謀反遭殺。虞慶則世代為北方豪傑，膽氣過人，在當地俠客中聲名赫赫。總之，在隋朝的多數開國武將中，出身武俠者很多。隋朝統治者對任俠者中的反叛者進行了嚴厲鎮壓，許多武俠因謀反而被殺，但這種任俠之風在隋亡後依然不衰。

　　如果說楊堅是藉助南北朝時期的俠客為武將而奪取北周天下的，那麼李淵的成功也在很大程度上得益於他對武俠的利用。在與李淵爭奪天下和為李淵打天下的人中，武俠都很多。李淵的兒子李建成和李世民很早就網羅天下俠士，量才錄用，深得天下武俠之心，尤其是李世民聚結豪傑眾多，籠絡人心也很成功。《新唐書·太宗紀》記載：「太宗為人，聰明英武有大志，而能屈節下士。時天下已亂，盜賊

起，知隋必亡，乃推財養士，結納豪傑。長孫
順德、劉弘基等皆因事亡命，匿之。又與晉陽
令劉文靜尤善。」可以看出，李世民確實為糾
集豪傑花費了巨大心血。唐代開國以後的很長
一段時間內，唐代多數君主都崇尚武藝、倡導
積極的生活方式，為武俠的生存提供了較好的
社會環境。唐朝中期以後，政治日趨腐敗，國
家經濟實力也大受影響，社會動盪因素增多，
俠客的活動更加頻繁，甚至出現了官員為俠的
情況。如唐德宗建中年間，涇原兵馬將兼御史
中丞劉海濱是當時聞名全國的「義俠」，屬於
官員為俠的典型。

　　隋唐時期社會風氣崇尚武勇，經濟發展水
準較高，促生了一批閒人弟子、文人墨客。特
別是一些文人墨客具有俠客風範是唐代的一大
突出社會文化現象，如著名詩人李白十五歲時
就熱愛劍術，曾因路見不平而殺死數人，後來
混跡江湖，與不少俠客有往來，他十分欽佩俠
客們「十步殺一人，千里不留行」的行為風
範，年老時依然保持了一股放蕩不羈的俠風逸

跡。唐代的其他詩人陳子昂、王翰、王之渙、
韋應物也是喜好任俠之人。

　　這些喜好任俠的文人也為我們留下了許多
當時的任俠之事。李白曾經寫就了謳歌戰國時
期趙魏游俠的著名詩篇〈俠客行〉，給人留下
了相當深刻的印象，詩中寫到：「縱死俠骨
香，不慚世上英。」唐代著名詩人王維寫的一
首〈少年行〉描繪了唐朝都城富家少年騎馬游
俠，結夥縱飲的情形。詩中寫到：「新豐美酒
斗十千，咸陽游俠多少年。相逢意氣為君飲，
繫馬高樓垂柳邊。」這種任俠的風氣和狎妓、
游宴、求仙一併成為唐代貴族奢侈生活方式不
可缺少的組成部分。在唐代武則天於西元七〇
二年開始推行武舉制以來，許多貴族子弟更是
投身武藝訓練，爭相任俠，武考的內容中射
箭、馬槍、負重、騎馬等成為貴族青年的主要
優游內容。唐代的「府兵制」開始限於中等以
上豪富之家，催生了大量武藝高超的府兵和一
些既有軍籍、又可以在市井遊蕩的富家游俠少
年。投身邊塞、立志報國的思想也一度是唐代

上層社會成員和一些失意文人的心態，他們往往以此作爲排遣鬱悶的途徑。李白早年在〈行行游且獵篇〉中就曾經描述過一些富家子弟的這種心態。

　　唐代上層社會青少年的這種游俠心態顯然不能、也無法成爲隋唐時期武俠文化的主體，這些少年奢侈的生活方式和優游的行爲方式只是代表了他們所在階層的一些特徵，甚至有人認爲他們消解了俠文化中的陽剛和勇武之氣，造成了俠的雌化。因此，要真正了解隋唐時期的武俠，還必須考查其時民間的武俠，有人稱之爲「隱俠」。他們和隋唐開國大臣中的武將們一起構築起了隋唐武俠的強悍勇武氣質。

　　唐代商品經濟和城市文化的發展促使市民文化更加發達，新的民間結社也得到政府的允許。這種市民階層及其組織就成爲某些社會學學者所謂的「第三種社會」，他們扮演著貫通上層社會和下層社會的重要作用，促使俠在大眾社會中得到了更好的發展機會，一些上流社會和下層社會的人士也加入其中，豐富了唐代

民間俠的內涵，擴展了他們的活動空間。多數俠客「輕死重義，結黨連群，暗嗚則彎弓，睚眥則挺劍」，保持了先秦游俠的良好風範，但也有少數俠客專做謀財害命之事。唐憲宗時的胡證是個臂力過人的民間俠客，當時的名臣裴度有一次微服私訪時在酒樓裡喝酒，被一群流氓圍困。胡證趕到酒樓，連飲三大杯，嚇得流氓大驚失色。然後，胡證把鐵燈架橫放在膝上，對那些流氓說：「我們輪流喝酒，誰不喝乾底我就用這東西揍他。」接著他再飲數升，將酒杯挨個傳給那些惡少，惡少們沒有誰喝乾酒，胡證要用鐵燈架打他們，惡少嚇得跪地求饒，被胡證趕出酒樓。京城長安的民間俠客還曾經在唐代宗廣德元年（西元七六三年）幫助官兵擊退了吐番軍隊。民間俠客不僅在男性中有，女性中也曾出現著名的俠客，她們的事跡更是動人心魄、感天動地。如謝小娥為了替被強盜殺死的丈夫報仇，女扮男裝，歷經艱險，最後一人殺死和降服了數十名強盜。她和聶隱娘和紅線女並稱為唐代三大俠女，成為中國

歷史上女性俠客中獨具魅力的代表人物。

　　綜合隋唐時期武俠的情況可以看出，隋唐時期崇尚武力的社會風氣興盛，使得武俠具備了成長的環境，唐朝較激烈的宗派和朋黨之爭也爲武俠的發展提供了機會。社會經濟水準的提高和城市文化的發展爲武俠創造了較爲優越的物質條件。相對寬容的社會文化、開放的社會風氣，與多種外來文化的融通推動了俠客的多元化。

四、宋明義俠

　　經歷了紛爭的五代時期，中國武俠在宋明兩代再度獲得了一個發展的空前機會，隨著時代的變遷書寫了自己獨特的歷史足跡，成爲考查當時中國歷史發展動力機制中一個缺少的內容和環節。

　　中國古代歷史的研究已經證明，宋明兩代步入了我國古代都市文化、城市文化的興盛時

期，使得市民文化在商品經濟發達背景下促生
了諸多新興文化內容，突出特徵便是世俗文化
空前繁榮。隨著中國武術的發展及其文化形態
的逐步完型，武林、綠林、秘密社會在這兩代
都成為整個社會文化中極其重要的組成部分，
對當時的政治、經濟和社會生活產生了深遠影
響，武俠文化在這種因素的影響下也體現出與
前代不同的世俗性、民間性、秘密性、集團性
特徵。

　　宋代城市由於打破了商業活動的區域限制
和時間控制，比唐代城市文化更加自由，結構
和功能也發生了相應變化。唐代城市的商業區
和居住區、生活區嚴格區分，商業活動時間也
主要限制在白天，而宋代打破了這些局限，使
得城市的商業貿易十分繁榮，強化了城市的經
濟功能和社會聚集功能，人口也不斷擴大，北
宋都城開封和南宋都城杭州的市民都達百萬，
加上政府機構和軍隊人數都超過百萬。這樣一
個龐大的市民社會和自由的活動環境對當時市
民的生活方式產生了巨大影響。如果要對中國

歷史上的城市和市民文化進行階段劃分，宋代
無疑是最顯著的一個分期標誌，此時的閒暇遊
樂、體育文藝、廟會集市、鏢局走會等都是前
代所不及的。瓦肆中的說書、唱戲、演劇、練
武等構成了一個活躍的城市文化全景圖。各色
人等都有自己在城市中的生活空間和生活方
式，行會性組織不斷出現，特別是南宋出現了
各類專門的社團。雜劇的緋綠社、足球的齊雲
社、射弩的錦標社、小說的雄辯社、花繡的錦
體社等大量產生，這些民間結社密布城市，構
建了一個細密而龐大的市民組織網絡。

　　在這樣的背景下，宋代武俠的世俗化十分
鮮明，出自民間的俠客增多，各種俠客與民間
的聯繫空前緊密，宋代的野史和諸多筆記小說
中出現了大量民間武俠故事。與此同時，由於
宋代統治者重文輕武，武人的社會地位降到歷
史的最低點，上層生活的尚武之風逐漸萎縮。
理學的盛行對民間尚武風氣的制約又被頻繁的
邊境危機和統治者對民間武藝的幾度寬容所抵
銷，使得民間武俠開始再度活躍起來，特別是

武林、綠林、秘密社會的形成標誌著民間武俠的充分成形，從此確立了武俠文化和武術文化、宗教文化、社團文化等的密切關係，這種關係一直持續到明清時代乃至近代中國，為武俠文化尋找到了有力而持久的社會附著力。

　　由於都市文化的成形，宋代的武術表演成為一項行當，促使武術成為百姓生活中一項重要內容，而賣藝求生的武人中也出現了一批具有俠風的人物，形成了武俠與世俗的良性互動的交往機制。宋仁宗時的市井俠士孫立的事跡就很有代表性。他的好友王實一的母親遭人欺辱，為了替好友洗刷恥辱，他尋找里巷惡霸張本，與之進行了角力的殊死搏鬥，事先約定負者受死。張本不敵孫立，以千金請求孫立饒命，孫立喝叱張本：「將為子壯勇之士，何多言惜命如此，乃妄人耳。」張本覺得屈辱而自殺，孫立「立斷其頸，破腦取其心，以祭實父墓」，然後他自己到官府投案自首。從孫立的行為可以看出，宋代武俠已經失卻了野性，而是更多地遵從社會規範，與此前俠客在權力鬥

爭、效命國家方面相比，孫立爲朋友復仇的行
爲具有私人化和世俗化的鮮明特徵。

　　武林是宋明時期孕育武俠的重要組織範
疇。宋代武術團體是在應對邊境危機的百姓武
術結社獲得政府認可的基礎上建立起來的，這
些團體具有維護社會治安、對抗外族侵略的軍
事性質。如宋眞宗時「弓箭社」有五百八十八
個，人數三萬，到宋徽宗時發展到二十四萬
人。民間的「弓箭社」成員平時學習和操練各
類武藝，戰時作戰反擊侵略者，後來城市中的
「英略社」（使棒者的組織）也受到這些民間社
團的影響，更值得注意的是，寺觀廟宇也出現
了類似的組織。自南北朝和唐代、五代少林武
術產生和發展以來，宋代少林寺出現了各類武
術高手，寺院武術與民間武術的交流日漸頻
繁，據《少林拳譜手抄本》記載：「宋方丈大
和尙福居，德高望重，佛武醫文皆通，名揚天
涯海角，爲增衆僧武功，邀請十八家高手，匯
集少室（少林寺所在山的山名，引者注），一
則授藝於僧，二則各演其技，擇優互學，取長

補短。」著名的秋月禪師白玉峰也是宋代少林
高僧，他武術高超，功勞卓著，被後人稱為
「少林寺中興之祖」。據統計，宋代少林寺的拳
法已經達到一百七十多套，正是由於如同少林
寺與民間武術的聯絡機制一樣，各類武術的關
係日漸密切，武林自宋代得以形成──中國古
代社會一個獨特的大眾社會範疇。這個範疇內
部的血緣家族觀念十分強烈，武術史上「楊家
槍法」、「朱家棍法」之類稱謂的屢屢出現、
「師徒如父子」之類觀念的倡揚便是顯著的例
證，它對於武俠的世俗化也產生了推動作用。
隨著俠客在武林中的地位日漸提高，他們崇尚
武德的觀念也漸漸成為武林中人共同的行為規
範。他們崇節義、尚尊嚴、除奸邪的特質具有
特立獨行的色彩，給整個武林帶進了清新之
風。如明代武林中人奉為楷模的武俠董僧慧冒
死歸葬自己的恩人，並且為友殉難。這種輕死
重交的風骨正是武俠的重要個性。

　　綠林也是宋代產生武俠的重要社會範疇。
從北宋中期開始，邊境民族的入侵和中央政府

的南遷使得民間的盜匪獲得了較大的發展空間
和餘地，民間武裝割據在不少江河湖泊和崇山
峻嶺間得以出現，如可攻可守的福建、廣東、
江西交會處的虔州地區、鄆州梁山泊、福建西
部汀州地區等都是著名的「多盜之區」，這些
地區的山寨就構成了當時特殊的社會網絡——
綠林。綠林在宋以前也存在，但規模有限，和
武俠的關係也很少，宋代武俠在上層社會沒有
立足之地，因此更多更快地與綠林建立了聯
繫，出現了綠林中武俠大量活動的現象。官逼
民反是武俠進入綠林的最一般模式，《水滸傳》
中諸多造反英雄的事例都說明了這一點。鏢
師、刺客和響馬是綠林武俠的主要來源，他們
之中的武俠也以自己特有的俠義觀念為綠林中
人樹立了榜樣。他們「路見不平，拔刀相
助」、「有福同享，有難同當」，具有自己的
鮮明行為風範。

　　秘密社會是處於正統社會範疇之外、而統
治者難以取締的社會範疇。中國秘密社會基本
成形於宋代，發達於清代，但是，兩漢時期已

經可以找到秘密社會的雛形。宋代開始，秘密社會多而分散，北宋初年，民間宗教性的秘密結社增多，「白衣會」、「沒命社」、「霸王社」等都是當時的秘密結社。今天的河南、山東、陝西、江蘇、湖南都有秘密結社，而且許多秘密結社聯繫廣泛，有的還出現了全國性的同一系統內的秘密結社。明清時期，秘密社會基本形成，城市人群的集中和商業文化的發達、政治高壓和社會動盪等因素的聚合作用為秘密社會的形成提供了歷史環境，宗教的介入和宗族的滲入都促使秘密社會最終得以形成。明清時期的許多秘密結社都利用佛教和道教兩大宗教在民間的影響擴展自己的結社，使得各種秘密結社遍布各地。鄉土型、江湖型、城市型秘密社會都出現了，清代，這些結社在北方以「白蓮教」、在南方以「天地會」為核心展開活動，構成了連貫全國的系統。此時的武俠已經染上了一些神秘化的色彩。

第二章
武俠功夫──
武俠的立世之本

　　從武俠在中國歷史上的活動範圍和發展空間看，他們幾乎都是在特殊的、超過常人的環境和情境下做出了過人的成績，而被人們賦予俠名的。一般說來，武俠的俠名是建立在過人的武功基礎上的。雖然不同時期也出現過武功一般而氣質精神震懾人心的武俠，甚至出現過沒有武功，全靠超人的膽魄和氣度成名的武俠，但是作為一個整體的武俠，無疑是靠武功來確立俠名的，這也是武俠建功立業的基本功。梁羽生提出武俠小說「寧可無武，不可無俠」，但不用說武俠小說本身沒有「武」會如何索然無味，就是現實生活中，武俠無武的現

象也是罕見的。

　　中國武俠在不同的歷史時期雖然有游俠、豪俠、義俠甚至盜俠的稱謂，但是，幾乎每個時代都存在個人單打獨鬥和加入官府衝鋒陷陣乃至指揮軍隊作戰的武俠，因此，他們的武功從總體上就體現出一個武功體系，主要依託於自己的拳腳和武器施展的絕技、內功、陣法。前兩者主要用於個人的實戰搏殺，後者則在指揮部署作戰時具有關鍵作用。

一、武技

　　藉助外在工具延伸自我的能力是人類的本能之一，武俠作為以武為核心的特殊階層自然需要有應手的兵器。任何戰爭也是建立在武器較量的基礎上的。在中國古代軍旅和民間武術中，主要的武器是「冷兵器」，到目前為止，冷兵器是人們使用時間最長的兵器。作為中國武術文化載體的武俠，他們所使用的兵器和擁

有的武藝技能也是與西方判然有別的。從徒手
搏鬥來看，西方人流行拳擊，直來直去，重視
的是拳如風，講究拳勢猛力沉。他們的步伐則
不停地跳動，在上下跳動中尋求平衡，由於禁
止擊打下身，他們不必防禦下盤。而中國武術
則更多注意圓弧形運動線條，特別是太極拳和
八卦掌。中國武術全面攻擊和全面防禦的特點
也使得練武者不得不降低中心，往往以「虛步
含機」的方式進行運動。中國武術還注意「四
兩撥千斤」，講究借力應勢，不像西方拳擊硬
打。這樣的特點使得西方的騎士（中世紀歐洲
的軍隊組成力量）往往身高馬大，而中國古代
的不少武林高手（包括武俠）中常見身材矮小
精幹的。西方的武藝高明者往往身材高出常
人，而中國的武藝高深者身材矮於常人者並不
少見。這並不妨礙他們同樣擁有過人的武功絕
技。

　　更重要的是，世界上任何一個國家都沒有
產生如中國古代一般多的武器，西方兵器大體
都是劍矛斧盾，格鬥方式也是以直線、折線為

主。而中國古代兵器則花樣繁多，不僅有長、
短、軟、硬、單、雙等的不同，而且還有帶
鈎、帶刺、帶繩、帶尖、帶刃等多種類型，中
國的袖箭、飛鏢等暗器更是西方所難見的。從
目前的統計看，估計中國古代的兵器有近千
種，明代茅元儀的《武備志》收錄的攻守器
具、戰車艦船、各種兵器達六百種，其中火器
就有一百八十種。另外，中國古代光是有關
「十八般兵器」的說法就有九種，最常見的一
種「十八般兵器」的說法是；刀、槍、劍、
戟、斧、鉞、鈎、叉、鐺、棍、槊、棒、鞭、
鐧、錘、抓、拐子、流星。從歷史記載看，幾
乎每一種武器都能產生武林高手，中國古代的
哲學思想講究陰陽五行的封閉循環，認為沒有
不可戰勝的高手，每一種兵器在具有自己獨特
功能的同時，其實也蘊涵著不利的一面。我們
翻閱各種武術典籍不難看出，幾乎每種兵器都
有不只一人和一個家族練就了自己獨特的技
術，就是每一種兵器的使用法中也常常考慮到
如何應付他種兵器的技巧。

　　中國特有的哲學思想及武人對武器、武技的深刻認識，造就了幾乎各種武器都有自己可以克敵制勝的絕招，也使得使用各種武器的武人都沒有必要因自己的武器而喪失信心。於是，我們看到了中國歷史上武俠所用的武器五花八門，許多武俠因自己特殊的兵器而練就了特殊的技巧，也因此而成名成家。

　　多數武俠的絕技所依託的武器都是當時較爲流行的武器。如戰國時期「群俠以私劍養」，當時的聶政、俠累等都是憑藉自己手中的劍打出俠名的，三國時期的關羽、呂布、張飛、許褚分別是以刀、戟、矛、槊而聞名當時的。

　　在所有的兵器中，劍被譽爲「百兵之祖」，劍也是被寄寓了最多文化涵義的古代兵器，直到後來尙方寶劍成爲至高無上的皇權象徵，劍還成爲道士手中的法器，成爲文人墨客風度氣質的標誌物，甚至成爲女性掙脫封建枷鎖的象徵（被譽爲「鑑湖女俠」的秋瑾就喜歡使用劍）。

　　槍被稱爲「百兵之王」，刀爲「百兵之帥」。長槍和大刀是用於正規軍事作戰的主要武器，在集團的作戰中，整體的戰略比個人的武技更重要，因此民間的俠很少有使用這類兵器的，上述三國時期的武將在未入軍營前的主要武器也多爲短刀和長劍。中國古代武俠一般是以個體活動爲主的，他們使用最多的武器就是劍，因此後來武藝水準最高的武俠往往被稱爲「劍俠」。不少當今武器文化和武俠文化的研究者都把劍譽爲俠文化兵器的頂峰。古代鑄劍、相劍、論劍、比劍等構築的武文化中常常是以武俠活動爲核心的。

二、內功

　　中國武術包括招法和功力兩部分。招法指攻防格鬥的方法，以單式（散手）或套路的形式演練，如中國武術受到中國哲學「天人合一」和「天人相應」觀念的影響，創造了大量的仿

生拳術，如螳螂拳等。功力指在實戰中實施招法的能力和本領，包括勁力、內功、硬功等。內功以練精、氣、神為主，功成後整體內壯。硬功多為鍛鍊軀體某一部分的剛猛之力，如點石功、鐵膝蓋之類；也可以鍛鍊軀體耐打擊的能力，如排打功、金鐘罩等功法。倘若習武之人僅僅會若干招式，而沒有功力作為實施招式的保證，那麼他充其量只能戰勝一般的人，一旦遇到強手，定然必敗無疑。所以習武者在演練招法的同時，大都要習練若干功法，以便使自己的招法更具威力。

直到今天，中國武術界仍然沒有求得對武術與氣功關係的一致認識，大陸的國家武術研究院負責管理氣功，但這只屬於工作範疇，人們沒有理由在科學和理論的層次上把這看作是氣功屬於武術的事實，因此，中國武術內功源於何時也是一個有爭議的話題。本書不想也無法解決這個爭議，只是想從武俠武功的一些典型事例來證明武功曾經是武俠成名的重要依託，是構成武俠武功不可缺少的組成部分（當

然是從內功在武功中得到利用時開始）。

　　陸草先生在其《中國武術》一書中是這樣界定內功的：所謂內功，就是那種以意領氣的意氣運動。這種運動沿身體內部的經絡運行，所以稱為「內功」，它與氣功是一回事。人們又常把形之於拳腳的功夫稱為「外功」，這是與內功相對而言。

　　不管武術內功與氣功是否是一回事，但內功源於古代吐納導引之術是人們公認的。北宋張君房輯錄的《雲笈七籤》一二二卷中，光是練氣的功法就有七十多種，包括坐忘、存想、握固、節氣、影人、辟谷、練精化氣、練氣化神、練神還虛等諸多功法都在書中被成套輯錄。

　　不少研究者認為，武術內功就是從道家養生氣功中受到啟發而創造的。習武之人可能藉助某些道家和佛教氣功來加強自己的功法訓練，達到「內壯」的目的。當他們的氣功修鍊達到一定程度，他們的武技也因此得到來自氣功的支持，一旦這種武術與氣功結合的意識開

始在習武者頭腦中清晰化，他們就很有可能把武術與氣功的結合訓練作爲一種自覺行爲，這應該是武術內功產生的一般邏輯過程。

武學境界的高低最終取決於內功高低，招式的精妙也必須建立在高超的內功基礎上才能發揮最大的威力。從歷史上的多數武林高手看，他們的內功都相當深厚。不僅太極、形意、八卦等內家拳的習練者講究內功，而且少林、查拳、南拳等外家拳高手也注意內功的修鍊。中國清代著名武術家郭雲深「半步崩拳打天下」的根本原因不在於他的形意崩拳練得多麼熟練，而是他內功深厚的結果。武俠小說中也常見內功深厚者用劍膽招式取勝對手的例子。

另一個近代著名武學大師孫祿堂的經歷也很能說明問題。他精通形意、八卦、太極，天天堅持練習內功，有意識地體驗武術與氣功結合的和諧感覺。一九二一年在北京戰勝日本人板垣一雄，以及一九三〇年在上海戰勝六名日本武士，分別是他六十歲、六十九歲時完成

的，這在根本上取決於他深厚的內功。從歷史記載看，我國近代多位擊敗外國技擊高手的中國武人大多都有深厚的內功。形意大師車永宏一八八八年在天津戰勝日本的坂三太郎，迷蹤拳創始人霍元甲一九一○年在上海擊敗日本武士，形意大師韓慕俠一九一八年在北京戰勝俄羅斯康泰爾，查拳和譚腿高手王子平一九一八年和一九一九年共三次戰勝三名外國技擊高手，佟忠義一九二五年在上海戰勝日本人山井一郎，意拳大師王薌齋三○和四○年代兩次戰勝三名外國技擊高手，這些中國武林人士多數被時人尊稱為武俠，他們都有自己深厚的內功為基礎，藉助精妙的招式稱為搏鬥中的獲勝者。可以說，武術內功是這些武俠的成名之本，也是他們的立世之本。

當然，武術內功也非萬能，著名的武俠大刀王五、程廷華死於外國人火器射擊之下的事實就標誌著武俠的內功只能在冷兵器時代和特殊的搏鬥情勢下才能發揮他的威力。

三、奇法

　　在中國古代宗教文化和神秘文化以及哲學思想裡，曾經存在著將天地化育的傾向，人們把宇宙神格話，認為在自然界的秩序中自然蘊藏著一種生生不息的、可以自然發動並與人類靈性的至高境界相通的力量，這種力量是人類可以憑藉自己的靈性去運用的，但它又是不可解釋和自我準確把握的。這就是中國古代武學神秘文化的理論基礎。

　　陣法、魔法等的力量就是這種生生不息的大自然與人類靈性的相通。中國古人把《周易》的理、象、數、占確立為陣法的基本根據，是陰陽八卦的生發。而八卦理論是綜合了中國古代各種主要的宇宙天地學說，是陣法、相法、占法等多種神秘文化及神秘武學的基礎。

　　八卦與季節、節令，與五行、方位都有對應關係，構成了整個八卦文化的體系。

　　河圖、洛書比八卦文化更為神秘。在《尚書》、《論語》、《易‧繫辭》中就有相關記載。據說是遠古伏羲時代，有龍馬出於黃河，背上有神秘的圖形，人們稱之為「河圖」。還有神龜出於洛水，背負「洛書」。伏羲看到河圖和洛書後悟出了八卦。從這個傳說可以看出，河圖、洛書其實是八卦的原始型態，它比八卦更接近天道的自然狀態。河圖、洛書的上述傳說並沒有具體描述其內容，有關河圖、洛書的具體描述出現在宋代，人們證實了八卦並不是根據河圖、洛書而作的，不過人們依然習慣性地把河圖、洛書看作是神秘的易理文化的源頭。河圖、洛書的意義在於，數理和方位是可以相互演化的，奇偶為友，陰陽相合，天地相配，是生生不息的循環天道的寓意。

　　由陰陽、五行、八卦、干支、河圖、洛書等形成的學說在武俠文化的武功表現中，就是各種神秘武學技能，集中體現在陣法中。

　　《三國演義》為我們展現了兩位布陣高手諸葛亮、司馬懿的超人才能，也讓人們見識了

這個古代軍事陣法的神奇。宋代歷史上記載的有關白玉堂的布陣才能也讓我們讚嘆。但是，武俠的一般陣法與戰場上的陣法是有所不同的。

武俠的陣法主要體現在以下兩方面。

一是幾個人合力布陣對付對手。如武當派的八卦劍陣、少林派的棍陣等，這些陣法往往根據八卦圖的方位和數理布陣，雖然比較有威力，但也較死板，只要明白其原理就不難破陣。

一是藉助自然力布陣。藉助山川河流、平原高地等地理條件，並巧設機關，運用自然裝置驅動整個陣。唐代李靖曾經創立六花陣，根據地形變化調配兵力，明代抗倭名將戚繼光創立鴛鴦陣，利用閩浙沿海的水網布陣，太平軍還創造了螃蟹陣對抗清軍，這種陣只有拿到陣圖、掌握陣的規律，才能有辦法破解。

必須說明的是，筆者所描述的上述陣法及其理論都是相對抽象，甚至一些陣法還來源於武俠小說。但是，根據中國古代軍事中的陣法

可以推斷，古代武俠中的部分人是可能掌握了
若干陣法的原理及其操作方法的。而由於歷史
的原因，我們今天已經很難找到太多有關的翔
實記載了，但各個時代有關哲學、工藝、機械
等的記載以及軍事陣法的描述，還是爲我們留
下了一些可以佐證古代武俠掌握了陣法原理並
使用陣法的可能性。

　　除去陣法之外，毒藥、暗器、易容、機關
等也是古代武人用以制勝的奇法。這些奇法往
往是正派武俠人物所爲或不常爲的。練就高
超的使用暗器技巧的武俠不少，但是他們往往
不會輕易使用。不過從總體上說，這些五花八
門的奇法還是構成了武俠武功的一個不可缺少
的組成部分。

第三章
武俠人格──
武俠的精神風範

一、快意恩仇

　　董躍忠在《武俠文化》一書中指出，中國的武俠精神可以說最早起源於報恩意識。確實，中國古代「士為知己者死」、「受人點滴之恩，當湧泉相報」的說法也部分印證了這個說法。

　　從武俠產生歷史的角度看，早期的武俠往往就是在報恩心態中開始自己的俠行的。先秦時期動亂的社會環境使得武俠大量游動，往往

在器重和賞識自己的人手下賣命。他們將他人對自己或自己親人的厚待看作是對自己尊嚴的格外看重，往往傾盡心理甚至生命來報答。

　　武俠的報恩行為可以極其鮮明地從春秋戰國時期的幾大刺客的殉死事跡中得到體現。晉國的豫讓受到智襄子的厚待，他為了替智襄子報仇而計畫行刺智襄子的仇家趙襄子。第一次行刺被抓住後，趙襄子對豫讓的行為極為不解，他說：「你當初在范氏、中行氏家裡當過門客，他們後來都被智襄子殺了。你不但不為他們報仇，反而去投靠智襄子。而智襄子被殺後，你為他報仇的心為什麼這麼急切呢？」豫讓回答說：「范氏、中行氏把我當一般門客看待，我也一般地對待他們，智襄子以國士待我，我因此以國士報答他。」國士是當時敢死勇士的稱謂。豫讓後來再次刺殺趙襄子，又沒有成功，他請求趙襄子允許他用刀砍趙襄子的衣服，算是替智襄子報了仇，然後自殺。這顯然反映了豫讓「士為知己者死」的樸素的武俠精神。前文的聶政為了報恩殺死韓王與韓相俠

累也是充滿了快意恩仇的武俠精神。嚴仲子準備黃金百鎰爲他母親祝壽時，聶政雖然拒絕接受，但是心理獲得了極大滿足，他感嘆到：我只是一個市井的平民，一個屠夫，而嚴仲子是卿相，卻不遠千里來與我交友。我之所以待他一般，是由於我覺得自己沒有可以值得稱道之處，嚴仲子以百金爲我母親祝壽，我雖然沒有接受，但我是深知他的爲人和用意的。

　　從歷史上武俠的復仇觀念，它明顯屬於具有兩面性的一種氣質類型。多數武俠只是從報恩角度去實施自己的行爲，他們不考慮自己的行爲是否合法，更很少考慮自己行爲的正義與否，因此常常作出並不符合大眾利益的事情。如西漢後期的南陽大俠原涉本來是官宦的兒子，擔任過谷口縣令，後辭官稱謂豪俠，殺死了自己的仇人。當他聽說茂陵縣令的門下掾王游公誣蔑自己暴烈貪婪之時，懷恨在心，派遣手下武士洗劫了王游公的家，取走王游公及其父親的首級。這種殺人的行爲雖然在原涉及其手下的武士看來沒有什麼過分，但它顯然屬於

一種製造社會悲劇的行為。如果這種行為直接
與政治掛鈎的話，武俠為報恩、復仇而殺人的
行為就更具有破壞性。隨著中國歷史的發展，
後期的武俠逐漸失去了中國武俠的原始精神，
他們行為的理性化程度也不斷加深。

二、重諾守信

　　重諾守信也是早期武俠的重要氣質類型體
現。從中國歷史上第一個謳歌武俠的史學家司
馬遷的論述中可以看出，他把這一人格要素作
為戰國游俠的重要精神內涵。
　　在《史記・游俠列傳》中有一段經典的評
語就反映了司馬遷對游俠的讚賞態度。「布衣
之徒，設取予然諾，千里誦義，為死不顧世，
此亦有所長，非苟而已也。」在談及「俠客之
義」時，司馬遷兩次指出「守信重諾」，他還
強調說：「要以功見言信，俠客之義，又曷可
少哉！」司馬遷對游俠的精神氣質概括最好的

就是「其言必信，其行必果，已諾必誠」，這
可以說是武俠精神和觀念中最核心的部分之
一。

最能反映武俠這一精神的人物便是季布。
季布是楚國項羽手下的大將，早期就在楚國聞
名，並且尤其以重諾守信而在百姓心中地位很
高。人們傳出「得黃金百兩，不如得季布一諾」
的諺語，這被認為是中國歷史上「一諾千金」
典故的由來。更難能可貴的是，季布的弟弟季
心也被人們稱為俠士，他「氣蓋關中，遇人恭
謹，為任俠，方數千里，士皆爭為之死」，
「少年多時時竊籍其名以行」。一個人能夠到這
個地步，其俠風肯定是深入人心的，難怪三國
時有學者解釋「任俠」這個概念時把任俠的核
心作為「信」和「重然諾」。李白在《俠客行》
中的「三杯吐然諾，五嶽倒為輕」的詩句無疑
是對武俠「重諾守信」精神的形象描述。

相對於快意恩仇來說，重諾守信在武俠的
歷史流程中得到了較好的繼承，甚至發揚。唐
代李冗在《獨異志》中記載了唐代大歷中萬年

尉侯羸的事跡，非常典型地反映了侯羸「重諾守信」的精神風範。侯羸「豪俠尚義」，有一次他窩藏了當時的「國賊」，受盡酷刑也不肯說出來，因為他自己「已然諾其人」，縱死也不吐露。他的這種堅守「重諾守信」精神的行為不一定正確，但反映當時武俠精神中「重諾守信」精神的傳承不衰。這種俠義精神甚至在一些凶殘暴烈者當中也存有很深的影響，成為影響他們群體心態的重要內涵。

如果稍加注意，我們也不難發現，這種「重諾守信」的俠義精神在中國大眾文化中也得到了很好的推廣和傳播，成為普通大眾奉行和推崇的美德之一。

三、重義輕利

義利之辨是中國古代一個很重要的社會文化範疇，作為特殊階層的武俠也難以脫離這個範疇去踐行自己的武俠實踐。從武俠特有的精

神類型的發展看，重義輕利是一個具有優良傳
統的武俠精神內容。

　　漢代初年的大俠朱家就是這種武俠精神的
先驅。他「振人不贍，先從貧賤始」，「專趨
人之急，甚己之私」。爲了幫助他人，他自己
過著清苦甚至貧困的生活，到了「家無餘財，
衣不完采，食不重味，乘不過軥牛」，雖然自
己生活清貧，但他的身邊仍然聚集了大量的豪
傑，他一生「所藏活豪士以百數，其餘庸人不
可勝言，然終不伐其能、歆其德」。朱家常常
於危難之中救助他人，並且從來不圖回報，甚
至不希望別人知道，所謂「諸所嘗施，唯恐見
之」。這是他俠義精神的最可貴之處，也是他
深得人心的關鍵。

　　朱家做的最著名的一件大事就是在西漢初
年收留項羽舊將季布，而當時漢高祖劉邦懸賞
千金拘捕季布。季布爲了躲避官府的追捕而化
裝賣身爲奴隸，朱家認出季布後，假裝不知道
季布的身分而把他買下，收留在自己家中，並
「善待之」。同時，朱家還想方設法爲季布尋求

出路。最後，他委託汝陰侯夏侯嬰說服劉邦赦
免了季布，季布後來得到劉邦的任用，擔任河
東太守，此時的朱家卻躲避起來，「終身不見」
季布。這種解救他人困苦、不貪圖任何利益和
回報的精神在當時使得朱家聲名大噪，「自關
以東，莫不延頸願交焉」。可見朱家的「重義
輕利」的精神是當時的人們所認可和讚賞的。

　　這種武俠精神同樣在此後得到了傳承。在
著名的《三俠五義》中，北俠歐陽春有一句話
就道出了這一武俠的精神特質：「凡你我俠義
作事，不要聲張，總要機密，能夠隱諱，寧可
不露本來面目，只要剪惡除強、扶危濟困就是
了。」這雖是小說中的話語，但也折射出宋代
的武俠觀念中重視俠義的特點。

　　明代的馮夢龍在《醒世恆言》中的「李汧
公窮邸遇俠客」篇描寫了一位義薄雲天的大
俠。房德攜重金去請求俠客，一再懇求，假意
啼哭，試圖說服俠客去刺殺自己的恩人李汧
公。房德為了打動俠客，竟然許諾：「事成之
日，另有厚報。」妄圖以錢買俠。俠客非常氣

憤，斷然拒絕了房德的利誘。更可貴的是，當
俠客得知真相後，殺了忘恩負義的房德夫妻，
解救了李汴公。並且「舉手一拱，早已騰上屋
檐，挽之不及，須臾不知所往」。這是一個我
們不知道具體姓名，但可以肯定的一個極其鮮
明的「重義輕利」和濟人不圖報的俠客形象。

　　清代內家拳大師王來咸也是一位「重義輕
利」的典範。他喜好行俠，樂於為人解困，但
從來不希圖回報。一次，有人用重金請求王來
咸殺死自己的弟弟，王來咸毫不猶豫地予以回
絕，並且說：「這是把我看作禽獸。」這說明
王來咸也是秉持「重義輕利」的武俠操守的。

　　中國武俠的「重義輕利」觀念也順其自然
地傳播到了中國大眾文化之中，並且成為中國
普通民眾所讚賞的高尚精神操守。助人為樂的
新時代精神在某種意義上就是這種武俠精神在
民間泛化的結果。

四、重氣輕生

　　汪涌豪和陳廣宏在《游俠人格》一書中指出，俠是把名譽節操看得比生命更重要的一類人。中國古代有俗語說：「人貌榮名，豈有既乎。」人的容貌是不可能一直保持最佳狀態的，只有榮名才能使人的形象長久。反映到武俠身上，就是「貪夫徇財，烈士徇名」，武俠就是重視節操的典型，他們「不患年壽之不永，患名之不立」。於是，我們看到的武俠常常是以刻意自立、不愛其軀、豪氣沖天的精神立足世間的。我們可以用這樣的氣質來界分武俠與一般人，因為這是武俠特立獨行的精神操守的核心內涵之一。

　　即使是非難武俠的韓非子都注意到當時的游俠「立節操，以顯其名」。而第一個褒揚游俠的歷史學家司馬遷更是對武俠的「名不虛立，士不虛附」表示由衷的稱賞，褒揚他們

「修行砥名，聲施於天下」。

在各朝各代的歷史記載中，我們不難看到諸多具有這種節操的武俠典範。甚至東漢時期，這種操守還在許多普通民眾得到實踐，將武俠的這種氣節觀念推向了一個新的境界。當時的宦官專政使得一批政界人士身陷黨錮之爭，為了爭取主動，取得優勝，他們中的許多人激揚名聲，刻意自勵。陳蕃為了實現「當掃除天下」之志而死於閹寺之手，李密和魏朗敦勵名節而在監獄中自殺；李膺、範滂「事不辭難，罪不逃刑」。東漢時這種砥礪名節的擔當精神，體現了一種高尚的人格力量，但當時士人的名節意識與武俠還是有區別的。

武俠的樹名立節，愛名重譽，最基本的原因是出於對自我尊嚴的維護。這種維護在各個時代的武俠中都普遍存在。《晏子春秋》中著名的「二桃殺三士」十分鮮明地寓示了這一點。文中記載齊景公身邊三位擅長與老虎搏鬥的勇士公孫接、田開疆、古冶子，因為對晏子不客氣而陷入困境。齊景公受晏子指點，派人

送來兩個桃子，讓這三位勇士記功吃桃子。三個人心裡都很清楚，如果不接受桃子就意味著自己無功而不勇，如果接受桃子，人多而桃少，勢必要有你死我活的爭鬥。想到這裡，他們仰天長嘆。公孫接、田開疆各自為自己表功，然後接過桃子，古冶子也陳述了自己護送君主渡過濟河、斬殺巨黿的功勞，他認為自己功勞最大，拔出寶劍向公孫接和田開疆要桃子。公孫接和田開疆認為自己勇不如人，功勞也不大，拿桃屬於貪婪，如果不去赴死又說明不勇，兩人送回桃子，然後自殺身亡。古冶子想到兩人死去而自己獨生，覺得自己不仁，說他人不行自己行，屬於不義，只悔恨自己的行為而不去赴死，屬於不勇，於是他也返桃自刎。從這個故事中可以看出，三位俠士為了證明自己有功有勇的名譽不願作無謂的退讓，明知結局已定，還是以死一搏。爭功不過就為了存勇而自殺。而最終得到功者，也因為失去了對手，擔心落得不仁不義不勇之名而一死了之。這三位俠士重視名譽的程度代表了武俠

「重氣輕命」的人格風範。他們的這種俠客風範也得到了梁啟超的格外讚譽，稱他們「重名譽而能下人」。

總之，武俠的「重氣輕生」是立足於義的基礎上作出的精神抉擇，他可以說是因義立節，依節而行，以行獲名，由名轄節。他們以自己急義好施的熱腸進行著赴湯蹈火、粉身碎骨的武俠實踐，在這個過程中，他們個人的人生價值得到實現，他們的人格魅力也在生活的流進中散發著不滅的光芒。當然，有些武俠也存在故意示高的作偽和矯飾。郭解的不少行為就體現出這種傾向。

武俠具有多種氣質和人格風範，本部分的四種概括顯然是不足以完全涵蓋中國武俠的全部精神氣質的。捨己助人、見義勇為、為國獻身等人格風範也在一些武俠身上體現，由於篇幅的限制，我們無法一一窮盡，也不可能一一詳盡描述。

第四章
武俠典範──
武俠的典型人物

　　在中國幾千年的歷史上，武俠數不勝數，他們雖然在不同時代具有不同的社會地位與影響，但他們獨特的個性氣質對於今人來說都具有值得探究的價值。歷史可能已經按照自己的意志將武俠的基本素質進行了一番淘洗，但這並不妨礙我們以今天的觀點再度對歷史上武俠的典型人物進行描述。

一、荊軻大義

　　荊軻，燕國壯士，出身於貴族，祖先作過

齊國大夫，後來舉家遷往衛國，慶氏家族也改
姓爲荊。荊軻從小接受了完備的「六藝」教
育，好讀書擊劍，慷慨憂時，面對強大的秦
國，荊軻的危機意識與日俱增，多次面見衛元
君，痛陳興邦定國的方略，但都沒有被採納，
衛元君認爲抗擊秦國如同以卵擊石。不久秦兵
伐魏，順路攻陷衛都濮陽，衛元君及其王族被
安置在野王（今河南濮陽），成爲秦的附庸。

　　荊軻離開了濮陽，一路上心情抑鬱，他不
知道自己將要飄落何方。許多「如楚楚重，出
齊齊輕，爲趙趙定，叛魏魏傷」的士人爲王侯
所看重，士人們大多沒有政治信仰，只要有人
信用便各爲其主，盡力效勞。荊軻與這些士人
不同，他對秦國的好戰和暴虐恨之入骨，不願
助紂爲虐。

　　一日，荊軻來到趙國的榆次，聽說這裡有
一位劍術高超的俠士叫蓋聶。荊軻上門與蓋聶
論劍。蓋聶爲人傲慢，荊軻受不了他輕蔑的眼
光，轉身離去。後來蓋聶的手下來客棧請荊軻
時，荊軻已經離開榆次。

　　不久，荊軻又漫游到邯鄲，見一個名叫魯句踐的人對陸博之戲十分拿手，在街面上打敗許多對手。荊軻上前把魯句踐打敗，魯句踐十分惱火拔拳相向，荊軻一言不發地離去。

　　可以說，荊軻在趙國沒有遇到知己，後來來到燕國。在燕國，荊軻結識了擅長擊筑樂的失意樂工高漸離。兩人相見恨晚，成為莫逆之交。此時的高漸離是屠夫，荊軻常常與高漸離在苦寒之夜圍著爐火，大口地喝著烈酒，大塊地啃著狗肉，談論劍術和天下大事。每當酒酣耳熱時，高漸離就取出筑來彈奏古樸悲涼的曲子，荊軻則拔劍起舞，引吭高歌。歌罷，兩人抱頭痛哭。不久，荊軻和高漸離在燕國出了名。燕國處士田光專程來訪，此後，荊軻和高漸離成為田光府上的座上客，受到田光的器重。

　　一日，有消息傳來，在秦國作人質的燕國太子丹逃回燕國。太子丹歸國後日夜思報秦王之仇，但燕國太弱小，根本不是秦的對手。其後秦國連續進攻齊、楚、晉三國，兵鋒逼近燕

國，燕國君臣十分恐懼，太子丹更爲擔心。求
教於田光，田光於是向太子丹推薦了荆軻。田
光爲了激勵荆軻去見太子丹，以死明志，拔劍
自刎，荆軻深受感動，即刻見到太子丹，太子
丹說出派壯士入宮挾持秦王或刺殺秦王的策
略。在太子丹的一再請求下，荆軻答應擔當壯
士。

　　此後，荆軻說通叛秦入燕的樊於期自殺，
用他的人頭和燕國地圖作爲晉見秦王的藉口。
到達秦國，荆軻用重金賄賂了秦王寵臣中庶子
蒙嘉。秦王穿上朝服，在大殿接見荆軻。荆軻
捧著樊於期的頭函，陪同荆軻的秦舞陽捧著地
圖匣。到了陛下，秦舞陽害怕得面色發白，兩
股戰戰。荆軻取圖送到秦王眼前，秦王打開地
圖，突然覺得眼前寒光一閃，荆軻敏捷地左手
抓住秦王的的袖子，右手持匕首當胸向秦王刺
去。秦王身手不錯，掙扎一下，衣袖斷裂，急
忙抽身上的佩劍，因劍身太長，一時拔不出
來，只能繞著柱子躲閃，而手下大臣因不能攜
帶任何兵器，也束手無策。御醫夏無且用隨身

攜帶的藥袋子朝荊軻扔去，在荊軻躲閃之際，
秦王在大臣的掩護下拔出長劍，斬斷了荊軻左
股，荊軻倒地時用匕首投向秦王，沒有擊中。
秦王連刺荊軻八劍，荊軻自知失守，掙扎著爬
起來，倚柱而笑，荊軻道：「事情之所以不得
成功，是爲了想劫持秦王，逼他退還契約，以
報太子之恩。」秦王左右一擁而上，刀劍齊
下，荊軻被剁成肉醬。秦王爲此惱怒異常，發
兵大舉攻打燕國，燕王殺了太子丹，想阻止秦
王進兵，但秦王沒有退兵，還是在五年後消滅
了燕國。燕王也作了俘虜。

　　在當時的無數可以稱爲俠客的人當中，荊
軻並不算武藝高強者，甚至他死後，另一個俠
客魯句踐還說他的死是由於功夫不高。但是，
古往今來，荊軻卻成爲眾多俠客中倍受讚譽和
景仰的人物。這其中，荊軻的人格魅力顯然是
至關重要的。從歷史記載看，荊軻敢於對燕太
子丹發脾氣，一旦答應替太子丹刺殺秦王便義
無反顧，視死如歸，這其實是荊軻敢作敢爲、
捨生取義的人格風範。荊軻在屢次遭受挫折後

最終選定了自己的偉業，他雖然最終未能如願以償，但他的自我價值在這個過程中已經得到了展現和證實，而他的悲壯而慘烈的死又加深了人們對他的崇敬之情。當然，歷史上各類作品的渲染也促使荊軻最終成為名垂千古的大俠。

二、郭解豪氣

如果說荊軻是戰國武俠的代表的話，那麼郭解就是兩漢俠客的另一個顯赫人物。

郭解字翁伯，西漢時期河內軹縣人，他的父親就是因為任俠而遭漢文帝誅殺，幼年就成為孤兒的郭解的身上流淌著俠士的血液。少年時的郭解復仇心理強烈，雖然身材矮小、笨嘴拙舌，但是精悍強健、身手敏捷、漠視生死，他每日佩劍時常目露寒氣，稍不如意便殺人。有關他殺人的傳聞甚多，不少人把「郭解」二字作為恐怖的代名詞。在他的家鄉河內，郭解

的名望極高，他大塊吃肉，但從不飲酒，作案
不少，但屢屢逃脫，他的勇氣、機智倍受人們
的欽佩。

　　成年以後的郭解變得沉穩持重，尤其是改
變了盲目仇殺的習慣。他寬懷大度、謙遜節
儉、以德報怨的風範獲得了俠客的美名。郭解
的俠名顯赫，但他的一個外甥仗著他的勢力欺
人，在與人飲酒時強行給別人灌酒，最後被酒
客殺死。酒客逃走後，郭解的姐姐向郭解哭
訴，要求郭解抓住酒客並殺死，為其子報仇。
郭解了解了事情的真相，無意捉拿逃走的酒
客，郭解的姐姐將兒子的屍體棄置路邊，並高
聲喊叫：「郭解是什麼大俠？連自己的外甥都
保護不了。」試圖激怒郭解，但郭解不為所
動，他派人四處尋找到逃離的酒客，在酒客向
他說明事情的真相後，郭解放了酒客，自己為
外甥收屍並埋葬。這件事情反映了郭解寬厚待
人的俠骨，許多人因此對郭解倍加信服，歸附
者不斷增加。

　　俠名在外的郭解每次出門時，路人紛紛讓

道。但有一次，郭解出門時遇到一個人箕踞而立，斜視郭解。郭解感到奇怪，叫手下人去打聽他的姓名，門客則持刀在手，要殺掉那個路人。郭解勸阻了門客的行為，十分平靜地說：「他對我不尊敬並不是他的錯，是我自己的德行修養不夠，怎麼能怪他呢？」郭解還悄悄告訴縣尉說：「我很欣賞這個人，不要讓他再當差服役了。」後來每當輪到這個人值班時，都故意漏掉他，縣官也不追問。當這個人得知是郭解替自己說了好話時，深感內疚，上門向郭解請罪。河內的許多俠士從這件事情中看出了郭解的為人，他的俠名更加顯赫。

郭解不僅自己改變年少時盲目殺人的脾氣，而且儘量制止自己的手下隨意殺人。更重要的是，他還利用自己的聲望排解仇家糾紛，避免他人的互相爭鬥。當時洛陽城裡有兩個互相仇視的家族決心以死解仇，許多賢良出面斡旋而無法制止，眼看就要流血死人。在得知這件事情後，郭解連夜備馬趕到洛陽，出面進行調解，他很快會見了試圖交戰的雙方，曉以利

害，雙方見到郭解星夜前來，趕到無上光榮，消解了由仇恨所激發的恥辱感。但是郭解此時依然十分冷靜，他說：「我此行能這麼快地解決兩家的糾葛，實在是你們各位的厚愛。我聽說洛陽的眾多賢士都出面作過勸說，但沒有成功。今天承蒙各位不棄，聽了我幾句話，我不敢從外地趕來掠貴地之美。請你們明天早上不要提及我來過，等洛陽城內的賢士們趕來時，聽他們的意見不再爭鬥，可以嗎？」

　　為了避開風聲，郭解連夜又返回河內。這件事情說明郭解在行事時很注意尊重其他賢士，這也是他一直得到民間賢士景仰的重要原因。郭解平時也厚待各方賢士，特別是對登門拜訪者盛情款待，深得人心。

　　在漢代政府打擊豪強的鬥爭中，郭解也沒有逃脫官府的鎮壓和打擊。漢武帝在位時頒布了一個遷徙富豪的法令，本來郭解財富不足以達到遷徙的標準，但軹縣人楊季主當縣吏的兒子上奏朝廷，把郭解也列入了遷徙的名單中。許多達官顯貴為郭解求情，甚至大將軍衛青也

到漢武帝跟前為郭解求情，更使漢武帝認識到郭解的勢力巨大。他說：「一個普通百姓，居然能夠使得大將軍為他說情，可見他家不貧窮。」漢武帝最終沒有同意衛青的請求。郭解遷徙之時，為他送行的人中有達官貴人，也有普通百姓，他人捐贈的款項就達千萬。

郭解遷徙到關內以後，關中豪傑都爭相與郭解結交。但是郭解一直比較收斂，從來不喝酒，不騎馬，為人謹慎。不過，郭解還是沒有放過仇人楊家。他的姪兒殺死了楊縣吏，後來楊季主也被人殺死。楊家派人上告朝廷，沒想到告狀者也被殺死在宮闕之下。漢武帝對在自己眼皮底下的命案十分重視，下令捉拿郭解。郭解將母親送到夏陽，自己隻身逃走。在臨晉，他假冒他人名姓混出了關卡，後來守關的藉少公知道自己放走了欽犯，嚇得自殺。郭解在太原得知這件事以後，為了不牽連他人，每到一個地方都通報自己的真實姓名，不久就被捕了。

到朝廷審理時，郭解的罪很難定，因為楊

縣吏和楊季主都不是郭解所殺，也不是他指使
人殺的。而郭解以往的殺人都在大赦之前，不
予追究。於是朝廷只好將郭解收監。

　　正在此時，軹縣發生了血案。有一位儒生
陪同朝廷使者查訪郭解的事，當時在座者讚揚
郭解的人很多，唯獨這位儒生說郭解專門做壞
事破壞朝廷法令，算不上賢士。郭解過去的朋
友聽說這件事以後，刺殺了這位儒生，並割去
舌頭。事情很快就傳到了朝廷。官府試圖以此
給郭解治罪，但郭解自己也不知道是何人所
為。廷尉奏郭解無罪，但御史大夫公孫正想藉
機殺死郭解，他駁回了廷尉的奏章說：「郭解
只是一介平民，行俠仗義，因為一點小事就敢
殺人。這件事雖然郭解不知道，但論罪可以超
過郭解本人殺人，應當以大逆不道論罪。」郭
解被定為死罪，全家也遭到株連。一代大俠就
這樣走向了終結。

三、隱娘風骨

　　由於各式各樣的原因，中國歷史上有關女俠的記載有限，從各種典籍中能夠收集到的女俠姓名和事跡也不多。從一些零星的記載中，我們僅能知道少數有名有姓的女俠。其中唐代特殊的開放和寬容的社會風氣促生了著名的三大女俠：聶隱娘、紅線女、謝小娥。除此之外，其他各代也有一些有關女俠的記載，但多半簡略而含糊。

　　我們在此擇取唐代著名女俠聶隱娘的事跡來透析女俠的特殊氣質和風範。

　　聶隱娘是唐朝魏博節度使麾下大將聶鋒的女兒，自幼被父母視為掌上明珠，嬌愛異常。一天，有位衣衫破舊的老尼出現在聶府門前，她向聶將軍討一口飯吃，聶將軍吩咐手下給老尼送上食物，老尼接過食物並沒有離去，她看見聶將軍膝邊有一位十歲左右的小姑娘，資質

清秀，婉麗可愛。於是老尼向聶將軍施了一
禮，滿臉認眞的表情說：「將軍，你的女公子
天分很好，我想帶她去，傳授些武藝給她，不
知將軍意下如何？」聶鋒一聽，勃然大怒，
「快給我出去，不然休怪老夫無禮。」老尼施
禮道別，微笑著說：「將軍，你就是把她放在
鐵櫃裡，老尼也要將她偷去。」到了晚上隱娘
果然不知去向。聶鋒大爲驚駭，派人四處尋
找，了無蹤跡。父母想念嬌女，時常相對而
泣。

　　五年後的一天，老尼將隱娘送回聶府，告
訴聶將軍說：「您的女兒已學成了，現在送歸
於您。」轉眼間，老尼飄然而去。父母及其他
家人爲隱娘的從天而降，萬分驚喜，問隱娘學
了些什麼，這時的隱娘不僅身材高䠷，而且舉
止穩重，眼睛裡隱約透出剛正冷漠的光芒，隱
娘告訴父母：「剛去時只是讀經唸咒，沒有其
他事可做。」聶鋒要女兒說說這幾年是怎麼過
來的。隱娘無可奈何，最後，「我說出來，恐
怕您們不會相信，父親，您看說不說呢？」聶

鋒趕緊說：「直說吧！」隱娘就講開了自己的故事。

　　原來，那天晚上隱娘被老尼神奇地帶離了聶府，走了不知多少里，天亮時，已到一個深山之中，進入了一座大石穴，這兒寂無人煙，只見許多猿猴在樹上攀緣、嬉鬧，洞口為密密的藤蘿所掩蓋，石洞幽深黑暗，但裡面空間很大，有石床、石凳諸物，洞裡還有兩位十多歲的小姑娘，頭結雙髻，生得聰明婉麗。她們不吃東西，卻能在峭壁上飛走，如同敏捷的猿猴爬樹一樣自如，從不會有閃失。師傅告訴她，這兩個小姑娘先到，功夫已經不錯了。隱娘對此十分新奇，希望師傅早日教會自己，她覺得山洞雖然偏遠，但比聶府深院要自由有趣得多。

　　一日，師傅把隱娘叫到身邊，拿出一粒藥丸，告訴隱娘，這是採白花之精釀成的，讓隱娘服下。當那粒藥丸一下肚，隱娘覺得身體變得輕飄起來。師傅又交給她一把寶劍，這把劍二尺多長，有吹毛立斷的鋒利，師傅要隱娘隨

身帶著此劍。師傅讓隱娘整天跟在那兩位小姐姐後面練武，自己也不時對隱娘予以指點。一年之後，聶隱娘武藝大增，遠刺猿猴百無一失，與虎豹搏鬥，也能斬下牠們的頭來。又苦練二年，隱娘能離地飛起，讓她擊刺悍鷹鷲鳥，無不立中。隱娘的利劍也只剩半尺長了，刺殺飛禽時，牠們不能發覺利劍的到來。

　　到了第四年，老尼把三個徒兒叫到跟前，神色嚴肅地說：「妳們跟我學藝三年多了，武藝也日漸成熟，從今年起我要依次帶妳們下山，見見世面，看看妳們手中的劍該殺何人，該救何人。」於是師父又留二位師姐守石洞，帶隱娘到了一個都市。在市中師父指著一個官宦模樣的人說，那是一個贓官，他做了許多傷天害理的壞事，師父向隱娘一一數說贓官的罪過，最後道：「替我砍下他的腦袋，不要讓人發覺。妳不要怕，只要大膽，就和刺飛鳥一樣容易。」師父遞給她一把羊角匕首，這把匕首只有三寸長。隱娘收起匕首，在白晝攔截了此人的坐轎。不一會兒，隱娘攜帶著一紅布包返

回了館舍，在內室取出人頭，灑上白色藥末，頃刻間，其頭化為清水。

　　從那以後，師父在傳授武藝的同時，開始不斷地給她講一些除暴安良的道理。又一次，師父告訴隱娘：「有個地方有個大官僚，他殘忍成性，經常毫無理由殺害性命，做盡了壞事，你晚上潛入他的家去，取這狗官的腦袋來。」隱娘受命，又攜羊角匕首，飛入官僚大宅中，毫無阻礙地穿過其門，伏在屋樑之上，觀察動靜。到天亮時才下手，她提著狗官的腦袋回見師父，師父大怒，問她：「為何回來這麼晚？」隱娘回答說：「我見他正在逗一個小孩玩，孩子很可愛，不忍下手。」老尼厲聲罵道：「以後碰到這班傢伙，先除掉他心愛的，然後殺他！」隱娘拜她請罪。老尼說：「我告訴妳髮髻藏匕首的方法，它不會傷及你的腦袋，用時非常方便，一抽即是。」師父告訴她：「妳的本事學成了，我送妳回家。」於是又到了魏州城，親自將隱娘交給聶將軍，並說「二十年之後，才能相見」。

　　聶隱娘講述自己的經歷，聶鋒心裡很恐懼，沒想到女兒已完全變成為行俠仗義的江湖女子，而且專門與自己同僚中的贓官作對。此後隱娘常常晝回夜出，聶鋒也不敢盤問，父母對隱娘也不怎麼喜愛了。

　　有一天，一位磨銅鏡的小伙子來到府上做活，隱娘見到小伙子挺可以，於是稟告父親：「此人可為我的夫婿。」父親雖然不樂意，但也不得不同意，於是一位將門女兒，嫁給了磨鏡兒郎。隱娘丈夫只會磨鏡，沒有其他技能，謀生不易，聶將軍於是給女兒頗為豐厚的衣食。

　　幾年後，父親去世，魏博節度使為隱娘的父親辦了後事，他知道隱娘身手不凡，於是請隱娘作他的貼身侍衛，在這裡過了一段時間，她對魏博節度使的為人並不滿意。唐元和年間，魏博節度使與陳許節度使劉昌裔有衝突，於是魏帥派隱娘去刺殺劉帥。劉昌裔也不是等閒之輩，他會測算，知道隱娘將來，派衙將到城北迎候。一會兒果然有一男一女騎著黑白毛

驢子出現在城北路上。在城門附近，喜鵲噪
鬧，丈夫用弓彈之，竟然沒有射中，妻子從丈
夫手中一把抓過彈子，揚手之間，喜鵲落地喪
命。衙將上前揖拜，說：「劉帥恭候，特派本
官前來迎接。」隱娘夫婦說：「劉大帥果然神
算，不然怎麼會知道我們要來。」表示願意接
見。劉昌裔為他們擺了接風酒，隱娘夫妻拜謝
道：「我們罪該萬死，劉僕射這樣的好官，我
們怎能殺呢？」劉昌裔說：「各親其主，人之
常情。如果你們不嫌棄的話，就留在這裡，魏
帥與我這沒有什麼不同，請你們不要猶豫。」
隱娘說：「你身邊人手不夠，我佩服你的為
人，願意捨棄魏帥，投奔劉公。」劉昌裔問她
需要什麼，聶隱娘答道：「每天只要二百元錢
就夠了。」突然聶隱娘的兩隻驢子不見了，劉
帥派人四處尋找，也未發現。後來在收拾聶隱
娘的包囊時發現了一黑一白兩隻紙驢子。

　　一個多月後，隱娘告訴劉帥說：「魏帥並
不肯就此罷休，必定會再派人來。今夜我剪去
頭髮，繫上紅絲線，送到魏帥枕邊，以表示我

決意不回了。」劉帥同意，四更時，隱娘來告
訴劉帥，信已送去，後半夜必派精精兒來殺我
和劉帥。我將盡力除去來者，您不要擔憂，劉
帥也不畏懼，有隱娘在，他覺得心裡有底。這
天晚上，府內燈火通明，下半夜果然見一紅一
白兩人在房中打鬥激烈，過了很長時間，只見
一個人從空中掉下來，身首異處。聶隱娘現形
說：「精精兒已經被我殺死了。」聶隱娘於是
很快將精精兒的屍體燒掉，接著說：「馬上還
有刺客來，他叫妙手空空兒，武藝高強，我不
能與他抗衡，現在看劉公的福分了。」於是隱
娘設計趕走了妙手空空兒。

　　此後不久，聶隱娘消失了，人們往往把許
多貪官污吏被殺的事算到她的頭上，也許是百
姓對武俠除暴安良的願望的反映。

　　有關聶隱娘的故事出自唐代的傳奇，應該
說其中的神秘、玄虛之處較多，但她多少反映
了人們對作為女俠的聶隱娘的崇敬和讚美之
情。在中國古代留下的許多對武俠的記載中，
我們不難發現諸多明顯神化和渲染的內容，但

不管怎樣，聶隱娘還是被稱爲唐代著名的三大女俠之一，在中國武俠的歷史上占據了獨特的地位。

雖然武俠作爲一個集群具有一些共性，但是，由於人們對武俠界定和評價的不同，這個群體的離散性還是非常大的。因此，我們要探究武俠的典型人物也只能採取相對的做法。本部分擇取了中國武俠的幾個代表人物作較爲詳盡的描述，意在跳出對武俠的抽象描述，並且將這種具象描述與本書各部分的內容有機結合起來，使讀者獲得對中國武俠群體的完整和全面認識。

中國武俠具有自己特立獨行的風骨，每個武俠都有自己的心酸和快樂，輝煌與失意。從這個意義上說，每一個武俠都是一個典型，讀者也可以從自己的意圖出發去崇敬和膜拜自己心目中的武俠。因此，本部分列舉的三名武俠也並不代表他們就是中國武俠群體中最傑出的人物，甚至筆者本人心目中最傑出的武俠代表也不在其中。

第五章
武俠小說——
武俠的文學樣式

有關武俠的文學樣式並非只有小說一種，秦漢時代的傳記武俠文學就是中國武俠文學的早期代表。先秦時期由於游俠尚未得到社會思想界的認可，因此游俠的有關故事，「儒墨皆摒棄不載」，韓非子則乾脆將俠列入「五蠹」之一而恨之入骨。於是，我們只能在《左傳》、《國語》、《戰國策》等典籍的相關描述中零星地獲知一些有關游俠的事跡。

中國歷史上第一個為武俠正式立傳的是司馬遷。他對游俠十分欣賞，對「古布衣之俠，靡得而聞已」、「自秦以前，匹夫之俠，湮滅不見」的狀況「甚恨之」。為了讓自己撰寫的

歷史中有武俠的地位，他不再像前人那樣只是間接和零星地提及武俠的事跡，而是將他們單獨列出，用〈游俠列傳〉、〈刺客列傳〉專門記敘了先秦時期諸多具有武俠風範的人物，表達了自己對游俠的鮮明的讚賞和褒揚態度。今天我們所能獲知的一些著名刺客和游俠曹沫、專諸、聶政、豫讓、荊軻的事跡就多數來自於司馬遷的眞實記錄。我們所能感知的游俠的人格氣質類型，如重氣輕生、重諾輕命、視死如歸等也大多受了司馬遷武俠觀的影響。

　　魏晉南北朝時期的特殊社會環境孕育了當時的志怪武俠小說，但大多平庸，只有干寶《搜神記》「三王墓」篇中有關干將、莫邪的事跡和劉義慶《世說新語》中的幾則給後人留下了較深刻的印象。魯迅甚至將干將、莫邪的故事改寫成短篇歷史小說《鑄劍》。

　　眞正在武俠小說方面作出開創性成績的小說家出現在唐代以後，因此，本部分內容以唐代開始分期對武俠小說歷史作較爲詳細的闡述。

一、唐宋奠基

唐代社會風氣崇尚游俠，傳奇中的武俠小說也隨之大盛。唐代武俠小說的數量之多，品位之高，藝術上之高超，促使武俠小說進入了第一個高峰期。許堯佐《柳氏傳》、李公佐《謝小娥傳》、蔣防《霍小玉傳》、袁郊《紅線》、杜光庭《虬髯客傳》等都是其中的優秀作品。

唐代武俠小說的特徵，從俠的方面看，繼承了司馬遷所倡導的堅持正義、恩怨分明和鋤強扶弱、濟危救困的傳統武俠精神，從武的方面看，形成了細致描寫武功（如段成式《僧俠》）等兩個不同風格。從武俠形象看，草莽豪傑、江湖盜賊、方外僧道、閨中女子、下級武官、低賤奴僕，都有成為武俠的。

在唐代的諸多小說中，《虬髯客傳》最為典型。這篇作品以其生動的故事內容和傳神的

細節描寫為後人所高度評價。該作品在異常濃縮的情節結構和變換的情節轉換中包含著具有獨創性的情節模式，為此後武俠小說的創造提供了典範。

唐代武俠小說還出現了將武藝與雜技融為一體的描述，當時的傳奇武俠小說甚至將武藝與雜技相提並論，如皇甫氏的《嘉興神技》記敘唐玄宗開元年間，嘉興一個囚犯在選拔雜技人才的比賽中表演繩技。此外，唐代還有一些武俠小說描述了神奇的武功，如《管萬敵遇壯士》等記載了超出常人的神奇功法，李冗的《獨異志》十卷中也有描述神奇劍法的。

唐代從事武俠小說的作家中以段成式的武俠作品最多和最出色，其作品中的「盜俠」中以周皓、韋行規、蘭陵里老人、韋生遇僧俠最為著名。其他還有不少作家撰寫了有影響的武俠作品，共同形成了中國武俠小說歷史上開天闢地的新格局。

自宋代開始，武俠小說的發展出現了文言、白話並立的新態勢。白話部分，由說書藝

術基礎上發展而來的話本小說較為典型，其中的「樸刀」、「杆棒」之作，如《花和尚》、《武行者》等，裹挾著充滿民間氣息的豪俠之風，它是明代武俠小說悲壯史詩《水滸傳》誕生的基礎。文言部分，經過唐代武俠傳奇的多樣化，宋代很難再出現相同的優秀武俠小說作品。儘管宋代的筆記小說中也有一些不錯的作品，如吳淑的《洪州書生》（《江淮異人錄》）、羅大經的《秀州刺客》（《鶴林玉露》）、洪邁的《俠婦人》、《解洵娶婦》（《夷堅志》），但從總體上看，這一時期的文言武俠小說還沒有跳出唐代傳奇的窠臼，而且此時筆記小說質樸平正的藝術風格甚至不如唐代傳奇的絢麗和新奇。

二、明清高潮

進入明代，武俠小說雖然在創作上並沒有超越宋代筆記武俠小說，甚至在不少方面還遜色於唐代傳奇武俠小說，但是，這並不意味著

明代武俠小說進入了停滯期，它實際上處於中國武俠小說的一個經驗積累期。明人王世貞《劍俠傳》以「後七子」文學首領的身分，借鑑《吳越春秋》、唐代傳奇和宋代筆記中的武俠作品，最終輯錄為「劍俠」專書，這是中國古代武俠小說整理史上的開天闢地之作，它和此時大量武術技術得到歷史總結性的輯錄共同形成了明代武術文化的特徵。它對武俠小說的後續發展產生了重大影響。這種單獨開闢武俠為一類作品和輯錄為專門作品的做法，為樂於了解武俠文學的人們提供了一批可資借鑑的創作範本，並且為武俠小說在文壇上公開占有一席之地，確立了武俠在中國文學和中國武術歷史上的地位。

　　經過東漢到南北朝的形成期、唐宋的興盛期、明代的積累期，中國的筆記武俠小說進入了自身的發展高潮期——清代。清代武俠小說特點鮮明，內容豐富和廣泛，進入了成熟階段。

　　首先，清代的筆記體武俠小說的內容十分

廣泛，以塑造武俠形象爲中心，將藝術的觸角
伸向了社會生活的各個方面。有的寫社會動盪
不安，俠客除暴安良，如徐士俊《汪十四
傳》、無悶居士《盜僧》、徐雄飛《義俠傳》、
徐珂《隱俠馮鐵匠》；有的寫貪官污吏橫行，
武俠懲惡除奸，如王士禛《劍俠》、袁枚《姚
端恪公遇劍仙》、吳雷發《浙中宦者》、王韜
《粉城公主》；有的寫管理荒淫腐敗，武俠爲
民執法，如吳陳琬《瞽女琵琶》、曾衍東《浣
衣婦》、馮起鳳《異僧善捕》、毛祥麟《某公
子》；有的寫武俠見義勇爲，濟困解危，如崔
東璧《漳南俠士傳》等等。

　　其次，清代武俠小説的作家衆多，超出以
往任何一個時代，除了專門從事武俠題材創作
的作家之外，還有許多作家把武俠作爲自己喜
歡創作的作品內容。從目前查閱的作品看，有
近百位作家從事武俠題材小説創作，既有大名
鼎鼎的人物，也有無名的文人。著名作家蒲松
齡的絕代佳作《聊齋志異》復興了文言小説，
他一生也寫了十餘部武俠小説。在他之後

枚、徐承烈、樂鈞、長白浩歌子、曾衍東、宋
永岳、湯用中、俞超、許承恩、王韜等也開始
成爲撰寫武俠小說的主要力量。

　　最後，清代武俠小說的風格多種多樣，許
多作家都有自己獨特的武俠小說撰寫風格。蒲
松齡的風格強調透視現實的冷峻，王士禎的風
格注重謀篇布局的神秘，樂鈞多描述文武雙全
的武俠，曾衍東著重從唐代傳奇中創新，王韜
的作品注重新奇情景的創設。從當時的藝術風
格看，可以大體分爲以下四類：一類是技擊武
俠小說，對武俠學藝和打鬥場面進行細致描
寫；一類是言情武俠小說，主張「俠之所在，
即情之所鍾」，創立了言情的新世界；一類是
公案武俠小說，把破案捕盜等與武俠結合起
來，增強了懸念，增強了吸引力；一類是神怪
武俠小說，把鬼神等引入武俠小說中。這些作
品基本奠定了日後武俠小說的藝術典型。

三、民國轉向

　　進入本世紀以後，西方文化逐步進入中國，改變了中國文化發展的某些社會環境。都市市民的生活更具有了城市氣息，一方面反映在民族主義的影響帶來了人們弘揚民族文化、抵抗外國文化的本能心理，各種謳歌武俠人物神奇武功和擊敗外國技擊高手的事跡以及傳說，充滿人們樂於相信和接受的內容，於是，武俠小說作為滿足人們這種補償心理的替代品得到了大眾的歡迎。人們在目睹戰爭中中國每每不敵對手的時候，特別希冀透過中國的國粹武術來贏得對抗的勝利。於是，民國前後的中國出現了大量有關中國武林英雄戰勝外國技擊高手的或真或假的傳聞，這樣的事件在武俠小說中也大量出現，是人們精神生活裡相當重要的填充物。另一方面，西方文化的傳入中國促使中國文化的內容也增添了一些新的內容，人

文主義在一些情況下得到提倡，人們對於自我的完善和娛樂、消遣等的需要也迫切起來，這使得武俠小說也在大眾娛樂生活中尋找到了立足點。

出於民族主義而關注武俠的人們多半是憂國憂民之士，他們看到國家在對外戰爭中屢屢失利，而國家的強盛又遙遙無期，因此希望在武術比賽和武俠小說等方面尋找到精神滿足。自一九一○年霍元甲建立精武體操學校以來，各種有關中國武士擊敗西方拳擊高手的事情振奮了人們的精神，此時，描述中國古代武俠神奇武功和超人膽魄等的武俠小說自然也受到人們的歡迎。向愷然的《近代俠義英雄傳》就是這類作品中的典範，小說以寫實的手法介紹了霍元甲和王五的武術生涯，描述了一系列武俠以武術救國的歷程，其受歡迎的重要原因是小說所宣揚的「武術救國」思想在當時具有很高的社會認同率。向愷然的另一部有名的武俠小說《江湖奇俠傳》則是以古代武俠故事為核心展開的，這部作品廣泛收集了江湖俠客的奇聞

軼事，並且在寫作中將技擊、幫會小說集於一身，奠定了現代長篇武俠小說的典型，被認為是現代武俠小說的開山鼻祖。該書出版次數之多，發行量之大，影響面之廣，無可匹敵，被譽為近代武俠小說的最高境界之作。

　　另一類武俠小說是商業社會和城市娛樂文化的產物，甚至是迎合市民低級趣味的產物。這類武俠小說多數不講究藝術追求，而是把各種武俠情節與怪誕、神奇、纏綿的故事結合起來，產生媚俗的商業效應，當然其中也有少數立意較高的作品。其中大量描寫女俠的作品雖然有一些立意較高，但多數作品還是從獵奇和媚俗的角度創作的，從下列大量不同作者的各類武俠小說的名稱就不難看出，女俠成為了武俠小說的重要描述對象：白雲的《玉羅剎》、《翠柳青萍》；筆俠的《同盟會》、《血手印》；高新民的《義俠記》；顧明道的《荒江女俠》、《怪俠》、《海上英雄》、《紅粉金戈》、《血雨瓊葩》；海上漱石生的《九仙劍》、《金陵雙女俠》；多福主人的《瑩娘復仇記》；陳君志的

《江湖女俠傳》；曹夢魚的《情天奇俠傳》；何一峰的《萬里情俠傳》；孫劍秋的《女子劍俠大觀》；汪景星的《少林女俠》；席靈鳳的《桃花劍》；夏躍兒的《雙俠緣》以及莊病骸的《怪面女俠》等。其中顧明道寫的俠情小說最多，他寫武俠小說目的是「壯國人之名」，寫作立意較高，所寫的大量女俠作品多寫重情女俠，正面肯定較多；和向愷然的《江湖奇俠傳》中部分內容改編成電影《火燒紅蓮寺》大受歡迎一樣，他的代表作《荒江女俠》也先後被改編成電影和京劇，達到了家喻戶曉的程度。

　　三〇年代的中國大陸武俠小說有「南向北趙」之說，南向指出生於湖南平江的向愷然，北趙指北派的趙煥亭。後來又出現了「向、趙、顧三家鼎立」的說法。四〇年代則有武俠小說「五大家」之稱，除了向、趙、顧三家外，還有宮白羽、還珠樓主，自此武俠小說逐步形成了以北京、天津兩城市為中心的北派小說和以上海為中心的南派小說兩大流派。在四〇年代以寫武俠小說謀生的宮白羽之後，近世

武俠小說很少出現超越前人的作品。

四、現代大興

本世紀五〇年代初期，中國武俠小說首先在香港和台灣得到復興。一九五五年，梁羽生的《龍虎鬥京華》在香港《新晚報》連載，引起了社會各界的極大關注，小說激起的社會影響超出了多數人的想像，不少原先並不寫作武俠小說的作家也開始轉向武俠小說的創作。台灣和香港以及海外華人中的作家共同聚集，稱爲中國武俠小說作家群，這時的武俠小說已經與三〇、四〇年代的武俠小說有了區別，被譽爲「新派武俠小說」。其主要的「新」體現在敘事、思想和語言出新，其題材覆蓋面之廣、藝術追求之高都是此前武俠小說無法比擬的。

梁羽生的三十多部作品雖然並非部部佳作，但確實沒有平庸之作，他的各部作品都有值得稱道之處。《冰川天女傳》把儒雅發揮到

極致，《雲海玉弓緣》帶給人們奇巧無比的感受，《白髮魔女傳》將「精」推向極處。雖然梁羽生不如後來的許多武俠小說家注重描寫武功，但他刻畫的武俠人物也依然豐滿感人。

繼梁羽生之後，金庸成為中國武俠小說的最著名的代表人物。而古龍、臥龍生、陳青雲、東方玉、溫瑞安、蕭逸等大量武俠小說家也推出了自己的作品，但從目前的眾多評價及回響看，金庸和梁羽生，或者再加上古龍，被認為是所有新派武俠小說家中無人能比的大師級人物。中國大陸在慶祝中國武術協會成立四十週年的晚會上表彰的三位武俠小說家就是金庸、梁羽生和古龍。金庸本人甚至和他的武俠小說一樣成為人們重點研究對象，八〇年代中期，專門研究金庸及其作品的學科被命名為「金學」，台灣、香港、澳門及海外華人中已經有不少專門研究「金學」的專家。

九〇年代以來，金庸在大陸也深受歡迎，他本人於一九九九年春天出任了合併成立的浙江大學人文學院的院長，開始在浙江大學開設

與自己的武俠小說相關的文學課程。金庸武俠
小說在整個當代武俠小說歷史上被公認為成就
最高、影響最大，人們甚至說：「凡是有中國
人的地方，就有金庸的武俠小說。」在金庸的
武俠小說中，精品無數，他的幾乎每部作品都
給人們留下了深刻印象：《射鵰英雄傳》、
《神鵰俠侶》、《雪山飛狐》、《笑傲江湖》…
…金庸的武俠小說不僅描寫了神奇的武功，渲
染了俠義，塑造了真實豐滿的武俠形象，而且
時常讓人們從其作品中體驗到真摯永恆的人
性、深沉激越的情感、動人心魄的歷史情懷、
發人深省的文化命題。難怪幾乎每個年齡和階
層的人們都喜歡閱讀金庸的作品，因為它觀照
的是整個人性，整個人類歷史和文化。

　　香港著名作家倪匡先生對金庸小說的評價
代表了眾多武俠迷，甚至武俠評論家的心聲，
他說：「金庸的小說，總評語是『古今中外，
空前絕後』。」

　　從歷史和文化背景來考查，武俠小說在此
時的復興具有歷史的某些必然性。整個幾千年

的無數文化和千年左右的武俠小說史早已培植了尚武（更多是精神而不是行為）的國民，這種尚武心理在一定歷史條件的激發下很可能重新支配人們的行為。香港、台灣等地屬於華人居住的高度商業化的地區，消費文化和娛樂文化的結合使得具有很強愉悅功能的武俠小說滿足了大眾的心理需求。武俠小說本身在前人基礎上革故鼎新的努力也獲得了成效，它為華人的俠義精神尋求到了一條良性而文明的發洩和表達方式。這些因素的綜合作用促使武俠小說在八○年代以來的影響擴展到了中國大陸的廣大地區，並且有超越港台之勢。一九九九年五月二十八的中央電視台「讀書時間」是兒童專輯，一半以上的兒童閱讀最多的書籍就是武俠小說，這雖然不具有統計學意義上的權威性，但至少說明武俠小說在當前中國大陸的影響還在繼續。

　　王立在《中國古代的豪俠義士》一書中分析了武俠文學的文化特性及其發展機制，闡明了武俠文學興盛的原因。他指出：

中國古代的俠是人們現實體驗與文學想像
的統一，具有多重多維的複雜型態。從總
體上說，俠是古代人民進步的、美好的理
想願望，附著於歷史上曾經有過、代不乏
出的游俠豪士身上，加以應然性臻善、延
伸的產物。俠在古人心目中的印象，不是
哪一個具體的、個別的人物，而是帶有類
化了的完美人格的輪廓內涵。幾乎每一個
傳說與文學作品中的俠，在民族接受視野
中都是一種共性與個性的統一體。

從俠與慕俠心理的生成及完善過程看，它
是人類攻擊本能與國民弱者文化心理的統一。
雖然俠不願意炫耀技能，但他面對社會的不平
是主動出擊的；他以強力解決問題的方式，帶
有人類早期時代個體與種族為生存那種對勇力
崇尚的本能衝動。農業民族的好靜天性與長期
以來固化了的奴性人格，使專制制度擠壓下的
國民弱者文化心理分外突出。馬克思說過：
「弱者總是靠相信奇蹟求得解放，因為只要他

能在自己的想像中驅除了敵人，就算打敗了敵人。」俠正是體現了一種·「不敢言而敢怒」的情緒，將不合理的現實奇蹟般地改造糾正，讓人在想像世界裡品味現實中無力解決的諸般惡相苦痛被攻擊、削除的樂趣。

　　俠及相關傳聞的傳播是儆世勸戒與獵奇愉悅功能的統一，訴諸一種奇正相生的辯證邏輯。廣義上說，整個武俠文化都有一種與傳統文化主流正統相悖左的反文化傾向，它帶來了相對官方規範的江湖亞文化，相對於道學理性的怪誕神秘，相對於單調沉悶的鮮活多樣，以不軌的野性衝破了所謂的超穩態結構。俠所體現的人們建立新秩序願望的做法是痛快淋漓、乾淨利落的，這是奇；而俠的行為從根本上講又符合倫理型文化中基本的價值取向，受到社會幾乎各個階層的歡迎，這是正。只要不是直接危及切身利益，甚至連正統和統治營壘中的官員們也對俠表現出足夠的欽敬。由於俠的樂觀、瀟灑、幽默、神通廣大，由於俠傳聞的光怪陸離，人們從正義必勝的欣慰中，不僅看到

了善惡得所的儆世意義，還從俠的人格及武功表現等描繪中，獲得了莫大的審美愉悅。

豪俠故事的欣賞並非停留在觀感刺激上，它是心理補償與激發催奮作用的統一。《周易》稱「天行健，君子以自強不息」。俠雖多出自山野草莽，卻爲雅俗所共賞，就是因爲偏偏是俠做出了人們想做而不敢做、不能做的事情，是鋤惡的英雄、濟困的超人，是人們現實生活中種種缺憾的精神補償。千百年來，中國古人情繫豪俠，癡愛義士，並非因其在現實生活中太多，而是太少了，的確，由於清末民初尤其是當代武俠小說的繁榮，人們今天已不能忽視俠與俠傳聞在古代的存在，但若是眞正達到它所應當被重視的程度，恐怕還有較大的距離。昔日的俠義傳聞所賴以產生的社會環境雖已不復存在，我們也不能僅以俠傳聞的現實社會效用去要求它，但這並不意味著我們弘揚俠傳聞中具有較高品位的那一部分就沒有現實意義。

從這個意義上看，當代武俠小說及影視的興盛其實也包含著對社會精神文明建設有益的

成分在內。我們沒有理由對作爲文學樣式和傳播媒體的武俠文化在當今的復興感到憂慮，筆者擔心的倒是武俠文化中的人格氣質和武功等的合理內核似乎沒有引起足夠的重視，這樣，我們對武俠文化的繼承似乎有些走向了虛幻和偏執。

第六章
武俠影視——
武俠的傳播媒體

　　武術影視已經發展了七十多年，風靡全球也有三十年了，以武術為主要題材的影視片已逐漸成為具有自己獨特風格的類型影視，但迄今為止，人們還沒有得出對於武術影視的統一稱呼。現今名稱多根據影視片出品時間、地點及影片內容，在借鑑武術或其他領域名稱的基礎上，由大眾傳播來進行命名。根據北京體育大學郝志勇先生的考查，有關武俠影視的名稱在歷史上出現過以下多種說法。

　　「武俠片」這種片子由於在內容上依賴武俠小說，進而在名稱上也加以引用，因此「中國古代的俠士」成為開拓中國武術影視的先

鋒。二、三○年代的武俠片主要注重在「俠」
上，當時的電影工作者沒有把武術與影視有機
地結合起來，只是孤立的、從電影單方面的角
度來進行武俠片的拍攝，只是以俠士們的除暴
安良為故事情節來吸引觀眾。在「武」上，由
於拍攝技術不先進、武打演員功夫不深，因此
武打水準和真實性都很低。但武俠片是新興的
片種，對觀眾有很強的吸引力，才彌補了武打
水準的低下，使得在當時這種片子還是有市場
的。

　　隨著武術影視的發展，電影工作者越來越
注重武俠片中「武」的成分。四、五○年代，
香港的電影製作公司已逐步開始起用一些科班
出身的武生來演武俠片，使片中的武打動作大
為改觀。到八、九○年代，武俠片中的「武」
已越演越烈，以至於簡化了故事情節，簡化了
人物特徵，主要依靠武打的花俏、武打的技巧
來取悅觀眾。由於「武」與「俠」所占比例的
變化，使「武俠片」名稱被漸漸遺棄，人們只
在一些影視武術刊物的影評中才能見到。不過

由於這種類型的片子是武術影視發展的鼻祖，因此有人用它來代替整個武術影視片。

　　「功夫片」這種類型的片子四〇年代源於香港。在粵語中「功夫」就是練武術或武打的意思，而此時大陸的武術影視片已停止了發展，所以「功夫片」早於「武打片」、「武術片」出現。這類影片的誕生使武打的眞實效果得到了充分體現，特別是李小龍的影片，將功夫片的武打水準提到了更高的層次，這使武術工作者逐步認識到武術在武術影視中的地位。

　　對於「功夫片」的定義，許多學者都各持己見。有的認爲，功夫片是七〇年代在香港盛行的，以武俠片爲基礎吸收了武術技術和傳統戲曲的武打藝術，以表現拳鬥爲主要情節而發展起來的一個新片種，具有中國的民族風格。有的認爲，功夫片通常叫做武打片、打鬥片，海外有人稱爲動作片，因南方人把練拳術叫做學功夫而得名，以主要表現拳術打鬥場面爲其特徵。而《中國電影大辭典》卻把功夫片簡言爲中國首創的表現中華武術技藝的影片。因

此，功夫片便有了「狹義」與「廣義」之分。
狹義指的是，四○年代起源於香港，七○年代
盛行，多以反映近代武師為主的武術影視片；
而廣義的則指整個武術影視片。很明顯，上述
的一些定義混淆了功夫片的廣義與狹義，或者
偏激了其廣義。

　　「武打片」可以說是相對於「功夫片」在
大陸普遍流行的另一種武術影視的名稱。它是
在八○年代初武術影視在大陸又一次興起而出
現的，其內容、結構、特點與功夫片沒有什麼
區別，但其普遍程度卻廣於功夫片並逐步取而
代之。從這個角度來看，「武打片」也有它的
狹義與廣義的定義之分，其狹義和廣義與功夫
片的狹義和廣義基本相同。

　　「武術片」是一些電影工作者針對於「武
打片」不正確說法所取的另一種名稱，「武」
指的是基礎功夫和實力，「術」指的是對其技
擊的方法和策略。但筆者認為武打片和武術片
還是有區別的，武術片是武打片更高層次的說
法，是武打片這一名稱的昇華，用「術」來代

替「打」，既強調了武打在電影中的作用，又兼顧了武術在電影中的主導地位，對一些粗製濫造的武打片來說，把它們叫做武術片實在不值。然而「武術片」這一說法只能是一些專家、學者的專用語，對大眾來說「武打片」仍是最普遍的。

「動作片」是八、九〇年代隨著影視高科技的出現，以武打片為基礎，結合高科技而形成的新型武術片種。從名稱上可以看出，這種片子雖然還是以武打為主，但片中的高科技已成為吸引觀眾的另一種主要內容。因此，動作片從它一出現就對整個武術影視的發展構成了很大的威脅。

「武術電影」、「武俠電影」、「武俠影視」是八、九〇年代一些學者從整體論述武術與影視關係時，為避免「武打片」、「武俠片」、「功夫片」在廣義與狹義之間混淆，給武術影視暫定的一種名稱。至於「打鬥片」、「格鬥片」則是出現於一些武術、影視的刊物上，不被大眾所傳播的罕見名稱。這幾種名稱的應用

只是進一步闡述武術影視是以什麼樣的形式為主要內容。

以上這些關於武術影視的說法都具有一定時代和一定範圍的合理性，但要從一般和整體的意義上提煉出一個公認的名稱，則必須綜合這些名稱的優點，並避免其缺憾。筆者認為，現代武術影視片的結構、內容已經不是那麼明顯了，一部武術影視片可能既有武俠片的成分又有武打片的成分，當然特技更是不可缺少的，以前的名稱沒有一個可以適應武術影視發展潮流的。雖然武打片、功夫片、武俠片等也能臨時拿來借用一下以概括整個武術影視片，但它們的不統一性使武術影視單從名稱上就處於混亂狀態。武術影視發展到今天，在各個方面、各個層次都已比較成熟，而武術影視的眾多名稱儘管有其優點，但它們的不足之處卻成為武術影視發展的絆腳石。雖然武打片或功夫片比較普遍，也可以泛指所有武術題材的影視片，但對於不斷成熟壯大的武術影視來說，它們已跟不上形式的發展與需要了，因此，應該

有一個比較完善、比較科學的名稱來規範它們的稱法。

　　在吸取前人的經驗、繼承前人的優點、遺棄前人缺點的基礎上，筆者把它們歸納總結為「武俠影視片」。武俠影視片是中國獨創的以中華武術技術和文化作為重要手段，來豐富故事情節、刻畫人物性格，進而表現中華武術魅力的電影、電視的類型片種，它包括了武術影視發展過程中所形成的武俠片、功夫片、武打片、武術片、動作片等。但對這個名稱還要有兩點說明，第一，這個名稱可以使用於任何一個武術影視發展過程中所形成的片種，當然也可以作為它們的統稱；第二，這個名稱的提出不等於就否定了其他的稱法，對於一些特點突出、類型明顯的片子，還是應該尊重它們以前的稱法。

一、舊世俠影

　　中國的電影發展已有九十多年的歷史，由中國人自己編導、自己製作、自己演出的第一部電影就是與武術有關的京劇武打片《定軍山》，從此以後武俠影視便隨著電影的發展經歷了一段漫長而又曲折的歷程。二、三〇年代是其誕生階段，屬於武俠影視初步形成並且興起、盛行的階段。一九二八年五月，由明星影片公司拍攝完成的《火燒紅蓮寺》不僅標誌著武俠影視已走向定型化，而且還標誌著以中華武術為基本內容的武俠影視片已經形成了它特有的藝術結構。由於這時片子主要以武俠小說為藍本，描寫的是古人行俠仗義的事情，因此被稱為「武俠片」。這些武俠片的電影製作公司主要是以營利為目的，為了吸引觀眾，大量的神怪也成為武俠片的主要內容，因而這時的片子也叫做「神怪武俠片」。

　　這時武術片進入了它的第一個鼎盛時期。
光是在一九二九年至一九三一年，上海的五十
多家影片公司就拍攝了二百五十多部武俠片，
占其全部影片的60％以上。但由於其內容近乎
荒誕，武打也粗製濫造，毫無眞功夫可言，到
了四○年代，這種類型的影片很快就失去了觀
衆。第二階段，三○年代末到四○年代。這時
的武俠影視片已逐漸走下坡路，其主要原因是
由於中國社會民族矛盾的日益加劇，同時民國
政府也查禁了某些主拍武俠片的電影公司。因
此這時的武俠影視片在內容結構上毫無創新可
言。

　　從影視專業的角度看，這一階段的武俠影
視由於演員功夫差、編導無經驗、製作水準
低，以及人民生活水準和欣賞習慣等因素，在
國內的推廣範圍較小，即使是看過的也只是把
它當作一種消遣。

二、港台俠興

　　四○年代末到七○年代末，尤其是六、七○年代，大陸的武俠影視片幾乎絕跡，而港台則逐漸興盛。其主要表現就是武俠影視片的製作中心由上海轉移到香港。在大陸，社會制度的變革對影視藝術的影響很大，舊制度時期的影視藝術顯然不適合新制度的需要，因此廢舊立新成為影視工作的重點，這使得本來就走下坡路的武俠影視片又遇到了極大的障礙。雖然這時香港、台灣的武俠影視片有了新的發展並且開始盛行，但它們都在資本主義勢力控制之下，大陸的影視工作者認為那是資本主義低俗藝術，不能讓其在大陸進行發展，因此，在這段時期，大陸的武俠影視片已經絕跡，相反，香港、台灣兩地的武俠影視片獲得了巨大豐收。在《中國電影大辭典》有這樣一段敘述：

新中國成立後，電影事業有了空前的發展，產生了許多優秀影片，然而發展道路曲折坎坷，特別是經過「文化大革命」的一場災難，電影事業瀕於崩潰。另一方面，這時期香港功夫片的出現受到世界各國的注目。

可見這時的香港功夫片的發展之快、影響之深。在香港，具有黃飛鴻之父之稱的正統武俠影視的創始者——關德興，從一九四九年開始，九十多次扮演黃飛鴻，不僅使黃飛鴻這個人物家喻戶曉，更重要的是他把武術中的真功夫首次搬上銀幕，推動了武俠影視的發展。

六〇年代，梁羽生、金庸的新派武俠小說風靡港台及海外，因此以這種題材為主的武俠影視片也逐漸興起，如《江湖奇俠》、《鴛鴦俠劍》、《雲海玉弓緣》等。到了六〇年代末，武俠影視片已成為香港影視片的主流，這段時期由於武俠影視在內容上仍以武俠為主，所以還稱為「武俠片」。但是，隨著電影中武

術功夫真實性的增加，有人也把它稱為「功夫片」。

　　七〇年代，李小龍的電影是武俠影視發展的一個重大轉折點。他的影片不僅在主題和武術功夫上有所創新，而更重要的是這些影片的影響。它們不僅使李小龍成為世界級的影星，而且還把武術以電影的形式首次推向全世界。這時武俠影視片的內容多以近代的師徒學藝、報仇為主，且片中的武打占了大半個篇幅，因此這時的武俠影視片被稱為「功夫片」。鑑於它是早期的，能夠體現武術內容的片種以及其影響，人們自然而然地把以武術為題材的電影叫做「功夫片」。李小龍的英年早逝使得成龍另一種形式的功夫片成為武俠影視的主流──這種功夫片把武術與戲劇結合，形成了獨樹一幟的「諧趣功夫片」。

　　從總體上看，中國武俠影視首先產生巨大推廣作用的就是七〇年代李小龍的功夫片。當時人們思想比較僵化，再加上某些政治原因，這種片子禁止在電影院中放映，但人們還是可

以透過錄影帶或影視刊物看到，香港的其他功
夫片這時也已傳入大陸，並且也不乏優秀之
作。畢竟這種推廣範圍小、速度慢，所推廣的
武術內容也比較片面。

　　眾所週知，李小龍是世界級的武俠影視明
星。武術與武俠影視片是使他成為一條巨龍的
兩個因素。一九四○年他出生於美國，童年、
少年在香港度過。從小酷愛武術，六歲開始學
習太極拳，中學時期拜師學習詠春拳，並學過
南派洪拳、白鶴拳、北派的譚腿、節拳及少林
拳等武功。由於他的特殊經歷，十八歲便離開
香港又返回美國，在美國他又有幾會學習並研
究日本的柔道、沖繩的空手道、韓國的跆拳
道、西方的拳擊、自由搏擊等，他把自己所學
的中國武術與這些技擊項目有機的結合起來，
創立了「截拳道」。這種把中華武術與國際其
他技擊項目融合在一起的東西方體育合成體，
縮短了當時正處在冷戰狀態下的東西方文化溝
壑的距離，不僅促進了東西方文化的交流，也
是把武術推向世界的一個重要前提。

　　一九六六年，李小龍開始在美國電視連續劇《青蜂俠》中演配角，儘管沒能充分施展他的才能，但他使美國人第一次看到了武術。回到香港才使他一展自己的才華。他第一部主演的影片《唐山大兄》（一九七一）是第一部在國際上獲得成功的武俠影視片，並且這部片子是首次用漢語和英語雙語發行的影片，因此在國際上影響很大。而真正讓世人讚嘆的功夫片則是他的第二部片子《精武門》（一九七二），這部影片不僅展示了李小龍高超的功夫，而且還展現了中華民族不屈不撓的精神，開創了武俠影視片在內容、主題上的新天地。他隨後的兩部片子《猛龍過江》（一九七二）、《龍爭虎鬥》（一九七三）都深化了這一主題。一九七三年他在拍《死亡遊戲》的時候不幸病逝。

　　李小龍利用武俠影視使自己成名，而武俠影視透過李小龍把武術推向世界。在李小龍的影響下，以成龍、洪金寶、元彪等為代表的功夫明星也不斷把自己的作品推向國際，使武俠影視片成為香港影視市場的支柱。

三、現世俠盛

　　八〇年代是武俠影視發展最鼎盛的時期，
但到了後期，武俠影視又開始逐漸失去觀眾。
首先，在大陸沉睡了三十多年的武俠影視片又
開始興起，並且受到政府的高度重視。一九八
二年，由香港鳳凰、長城、新聯三家電影公司
合拍，由大陸提供演員與場景拍攝完成的《少
林寺》上映，成為中國武俠影視片的經典之
作。它向全世界展示了中華武術真正的魅力，
但更重要的還是推廣了中華武術。《少林寺》
的成功和影響，立即確定了武俠影視片在新中
國電影業中的地位。隨之，由大陸電影工作者
自己製作或與香港合拍的一大批武俠影視片相
繼問世，如《武林誌》、《武當》、《少林小
子》、《木棉袈裟》等，但由於缺乏對該類影
視片的控制，特別是電影，再加上它們的製作
人員經驗不多，以至於使一些粗製濫造、內容

低俗、毫無創新的武術片也進入了電影市場。因此，到了八〇年代中後期，武俠影視片又成為社會各界摒棄的低俗藝術。

　　然而在香港，武俠影視片始終沒有失去它的活力，在與大陸合拍了大量武術片的同時，他們也推出了一系列有欣賞價值的武俠影視片，如徐克導演的鬼片系列、把女權與武術相結合的《霸王花》系列、成龍所拍的把驚險與武術相結合的《警察故事》系列等。其次，這時電視也成為宣傳推廣武術的另一個「傳播工具」。以電視的形式來表現中華武術又進一步加速了對武術的推廣，連續劇《霍元甲》的播放，使大街小巷空無一人；而當重播《射鵰英雄傳》時，人們評價為「恰似千年等一回」。電視宣傳武術是以連續劇為主，它可以使人們較長的浸淫在武術文化的氛圍之內，其影響是巨大的，是武俠影視不可缺少的內容之一。

　　最後，這段時期武俠影視在內容、情節、人物、武打設計、特技等方面又有了創新，因此武俠影視片又有了新的名稱。以成龍為代

表，武俠影視工作者把武打與驚險相結合，創立了驚險武術動作片，簡稱動作片。在大陸，由於有了自己的武俠影視片，因此相對於香港的功夫片，大陸把它叫作武打片，而且武打片這個名稱越來越普遍，以至於取代了香港的功夫片，成為不管是武俠片、功夫片還是動作片的統稱。還有人認為「武打片」說法不科學，不能真正概括武術題材片的真正涵義，而把它改為「武術片」。在一些影視武術的刊物上有人把它叫作「打鬥片」、「格鬥片」等。然而，這段時期，由於電視藝術的快速發展，加大了對武術推廣與宣傳的力度，使得具有雙重價值功能的武俠影視作為一個系統已經初步形成。

　　進入九○年代，由於電影拍攝技術高速的發展，使武俠影視也進入了一個高科技的新時代。這時期的武俠影視片主要突出了一個「新」字，不少老武俠影視片改編後重新搬上銀幕，如《新龍門客棧》、《新少林五祖》、《新火燒紅蓮寺》等，而且喜劇因素也成為大部分片子

的特點之一。高科技的出現，使這時片子的故
事情節減少，而注重了驚險的特技和新穎驚人
的超級視聽效應，武打動作被慘酷地推到了次
要的位置。九〇年代初期，這些片子成為新武
俠影視的主力，但由於過於追求高科技高特
技，而忽視了影視藝術的真實性，以至於大量
武俠影視片又成為觀眾見之即厭的消遣片。這
時的影視片只是在細節上，如特技、效果上作
文章，因此，武俠影視片的名稱沒有什麼變
化。然而，有人也認識到了武術與影視之間的
關係，把它們稱為「武俠電影」、「武俠影
視」。

　　綜合中國武俠影視的歷史，可以看出，一
九八二年上映的《少林寺》為中國大陸的武俠
電影業開闢了一條新路。《少林寺》上映後，
票房收入打破紀錄，觀眾達數億人次，全國電
影院專場連續放映達半個月之久，有些觀眾連
看十幾場都不過癮，李連杰也成了青少年崇拜
的偶像，全國各地掀起了武術熱，同時國內的
各種媒體也大肆宣傳。據調查，現今二、三十

歲的武術運動員大都是看過《少林寺》才開始從事這項運動的，並且當時的一些武術院校、武術培訓班的報名者也劇增。觀眾透過這部影片知道了武術、了解了武術、從事了武術，當然更喜歡上了武術影片。於是，《少林寺》之後一批比較優秀的武術影片相繼問世，如《武林誌》、《武當》、《少林小子》等。

　　與此同時，電視也以它獨特的形式──電視連續劇，推出了一系列武術電視片，如《霍元甲》、《陳眞》、《射鵰英雄傳》等精品之作。電視在宣傳武術方面速度快、時間長、範圍廣，比電影有過之而無不及。八〇年代初期，中國大陸的電視還不普及，對於城市來說，每院有一台就很不錯了，而對於農村，一個村里也不過兩台。當《霍元甲》在大陸播出時，在城市，每家每戶早已吃好晚飯，圍坐在院內的電視機旁；在農村，人們像趕集一樣集中在村里僅有的幾台電視機旁，使這部電視片一下成爲爲數不多的具有轟動效應的電視連續劇之一。

　　觀眾當時對武俠影視片如此傾愛，從客觀
角度看，首先，武俠影視片在大陸絕跡三十多
年是觀眾從心理上喜愛武俠影視片的一個重要
因素。其次，由於當時人們生活水準不高，儘
管電影已有八十多年的歷史，但它還是為數不
多的文化娛樂形式之一。因此，只要是電影，
人們幾乎都愛看，武俠影視片更是如此。至於
電視，其發展比電影還要晚近三十年，再加上
八〇年代初，電視在大陸還不太普及，而武俠
電視片更是鳳毛麟角。最後，當時人們的娛樂
文化生活也比較單調，看電視、看電影是人們
的主要娛樂形式，再加上武俠影視片的發行量
又很少，因此更讓觀眾覺得它物以稀為貴。

　　從觀眾的心理角度來看，第一，觀眾在武
打中發現了人類自身的美和力量。武打體現出
了形體美、動作美、力量美、靈巧美等，觀眾
們看武俠影視片一個主要的目的就是要欣賞這
種種美。第二，武俠影視片表達了觀眾的審美
願望，順應了觀眾的審美心理。武俠影視片往
往都描述「善」、「惡」兩方面的爭鬥，看到

善的一方戰勝惡的一方，他們會感到痛快和高興，產生振奮和自豪的感情，而其結果幾乎都是如此。第三，武俠影視片滿足了觀眾對社會美和自然美的同時需要。武俠影視片在道德、倫理、民族、國家等方面構成了社會美，武術中的形體、力量、動作、靈巧則形成了自然美，這兩種美的同時體現是其他大多數類型影片所不可比擬的。第四，武俠影視片調節了觀眾的生活節奏，帶給觀眾極強的娛樂性。它具有緊張、刺激等極強的娛樂特點，再加上與驚險、喜劇、抒情、悲劇等其他電影樣式結合起來，因此是調節人們單調生活的最佳方式，也可以更好地滿足觀眾對多樣化的美的追求。

因此在八○年代初，武俠影視剛在大陸又一次興起，就達到了一個高潮。以《少林寺》為代表的武俠電影片，以《霍元甲》為代表的武俠電視片，還有各大媒體對這些影視片的宣傳，使武術在全中國大陸掀起了空前的熱潮。這些對武術運動的宣傳與普及，都產生了巨大的推動作用。從電影中，成千上萬的人對中華

民族這一優秀文化產生了特別的感情，它不僅給人以美的享受，而且給人以民族自豪感，振奮人心，大大激發了青少年的愛國熱情。

隨著武俠影視片發行量的增加，武俠影視業也不斷發展、壯大，到九〇年代，武俠影視從開始以影視片在表面上推廣武術，到透過影視業更深層次的影響武術。各種武打培訓班、導演班、特技班的創建，使大批的武術愛好者、武術工作者進入到這個新行業中來，不僅推廣了武術，而且還使武術又多了一種價值功能。如今，武術在整個中國影視業已處於很重要的地位，從現在的影視片中可以清楚的看到這一點。撇開武俠影視片不談，大凡稍有一點打鬥的片子都採用了武術的武打動作，從警察到特務、街頭流氓等看上去武功都很高強，甚至連菜地農民、建築工人似乎也學過幾招。武術是中華民族的瑰寶，幾乎每個中國人對武術都有了解，因此武俠影視在國內對武術的推廣，主要是把武術推到了一個比較引人注意的位置，並且使更多的人從事武術這項運動。

一九九八年十一月十七日，中國武協在北京的首都體育館舉行了一場大型的武術表演《武頌》，在表演過程中，分別頒發了八項對中國武術推廣作出貢獻的大獎，而其中有四項被武俠影視工作者獲得，可見武俠影視已經得到官方武術界的認可。

綜上所述，武俠影視無疑具有相當積極和合理的社會意義。武俠影視本身就是武術文化的一個內容，武俠影視作品不斷豐富著武術文化，同時也是傳播武術文化一個重要途徑。武俠影視的興起，正是武術文化多方位、大規模的進入娛樂領域的表現，也是武術的娛樂性發展至高峰的標誌。武俠影視是僅有的幾個能夠展示中華民族優秀文化，又具有國際影響的娛樂內容之一。

武俠影視不僅是溝通東西方兩種文化的橋樑，也是連接武術中古今文化的樞紐。我們可以看到大多數的武俠影視片是以古代或近代的封建社會爲背景，宣揚的是各個朝代、各個社會背景的武術倫理、武術醫學、兵家戰略等，

這些對現代社會是不無影響的。在中國兩千多年儒家思想的薰陶下，武術文化也形成了與之相適應的行為觀念「武德」。大凡武俠影視片都對其有不同程度的體現。這對當今武術普及越來越廣的中國大陸來說是有積極意義的。

由武俠影視衍生出來的亞文化，也不斷豐富著武術文化，推廣著武術文化，武俠影視歌曲便是其中一例。一部優秀的武俠影視片往往伴隨著一、兩首武俠影視歌曲；《少林寺》不僅使觀眾享受著那精彩激烈的武打動作，同時也伴隨著〈牧羊曲〉欣賞著那景色宜人的嵩山；連續劇《霍元甲》的那首〈萬里長城永不倒〉，氣勢磅礡，唱出了中華兒女不屈不撓的民族氣節；而《黃飛鴻》的那首〈男兒當自強〉更是唱出了練武之人自立自強的精神氣魄；這些歌曲和那些武俠影視片一樣，紅遍神州大地。武俠影視所產生的另一種具有影響的文化，就是以武俠影視片中的內容來命名一些書籍、刊物和文章。李小龍的功夫片走紅以後，印有李小龍××字樣的書籍、文章等，開始大

量出版：《少林寺》等一批武俠影視片上映之
後，這種現象更是一發不可收拾，以少林、武
當得名的一些武術拳腳、功夫的書籍、文章相
繼出版。這種武術文化對推廣武術的作用是不
可低估的。

　　在描述和肯定武俠影視的積極作用的同
時，我們也不難看到武俠影視也在客觀上帶來
了一些負面和消極因素。最主要的原因是武俠
影視間接地描述武術的內容，武術的這些內容
都是經過加工、提煉並適用於影視藝術表現
的。因此這就會出現不同程度的、不同方面的
差異，對武術文化產生不利的影響是不可避免
的。

　　第一，觀眾特別是外國觀眾透過武術影視
片對武術文化產生了誤解。曾經有一位非洲的
國際奧委會委員訪問中國大陸時，看到中國人
的短髮和時髦的衣裳很驚訝，他認為中國人本
應是留辮子、穿旗袍的。而中國大陸的武術表
演團出訪時，常被外國人跟在後面，他們說想
看一看中國武林高手的腳是怎麼長的，能夠把

石子踢得那麼準。這些都會對武術文化產生不利的影響。

　　第二，有一些書籍、文章、刊物濫用武俠影視片的名稱及內容，對武術文化的傳播和推廣造成了極大的障礙。八○年代初的一部《少林寺》在掀起武術浪潮的同時，也掀起了少林浪潮，少林的名字甚至壓過了武術。一提少林便是武術；一提武術便是少林。許多武術刊物的內容，把少林加在題目上吸引讀者，不可否認有的文章確實與少林有關，為武術文化的傳播做出了貢獻，但有一些文章、書籍、刊物純是利用少林賺取錢財，欺騙讀者。

　　第三，武俠影視編導企圖透過影片為觀眾提供邪正、是非、善惡、忠奸的觀念；灌輸威武不屈、堅韌不拔、誓死不降的精神。但由於他們的世界觀、人生觀各異，再加上受其他因素的干擾，有的武俠影視片就會出現宣傳因果報應、封建倫理道德，甚至攙雜資本主義唯利是圖、爾虞我詐的角色，尤其是港台的武俠影視片。由於武俠影視片青少年觀眾占相當大的

比重，給他們帶來的副作用遠超過影片正統觀念帶來的影響。他們在行動上模仿片中殘忍的打鬥，許多青少年動不動就刀刃相見，拳腳相加，嚴重影響了他們的身心健康，擾亂了社會治安，增加了犯罪率。（本部分內容主要參考了北京體育大學郝志勇的論文〈論武術影視與武術的相互影響〉）

第七章
武俠模式──
武俠的生存機制

　　不少研究中國古代歷史乃至中國古代武術史的學者認爲，中國古代並非一個尚武的時代，最起碼崇尚武勇和氣力並沒有成爲一以貫之的文化觀念。但是，中國古代卻產生和涵容了武俠文化，這具有十分深刻的歷史和文化原因。如果我們從武俠所處的時代背景進行縱向和橫向的交叉分析，就可以大體透析武俠在中國歷史上的特殊命運，從而揭示中國古代武俠產生和發展的社會機制。從縱向上看，武俠總是在不同時代的朝廷嚴禁和暫時容忍的交錯變換中尋找到生存的空間，從橫向上看，武俠可以在宮廷貴族、武林綠林、秘密會社、城市社

團、鄉村閭巷等分別獲得發展的機會。更值得
注意的是，中國古代歷史上自從武俠誕生之日
起，就沒有完全喪失武俠生存發展的條件，儘
管有時武俠是在夾縫中艱難生存的，但畢竟還
存在夾縫。

一、以武犯禁──朝廷對武俠
　　的常禁與暫開

　　武俠自從誕生之日起就面臨著荊棘和坎
坷。在春秋戰國的軍事戰爭和政治紛爭中產生
的武俠，從一開始就擔負了至關重要的使命，
他們在亂世中參與各種政治權謀鬥爭，或四處
奔波尋求救國救民之路為百姓請命，或被養士
之貴族所厚待而為個人效命，或直接衝鋒陷陣
血染沙場。當世界歸於平靜、戰火熄滅之時，
武俠便往往被列入禁止之列。中國歷史上第一
個對武俠大加撻伐的韓非子，就是出身於秦國
的貴族，作為法家的代表人物，他從維護秦朝
統治的立場出發，首先提出「俠以武犯禁」的

觀點，並且把武俠列入政府嚴禁之列。從秦始皇統一全國後銷毀全部金屬兵器的極端行爲看，建立第一個統一的封建王朝的秦始皇，顯然試圖利用高壓政策消滅民間反抗力量，而武俠作爲與政府具有對抗性和破壞性的一個階層，自然難以得到秦皇的認可。

　　在此後的許多記載中都可以看出，多數維護當朝統治的人物都把禁武俠作爲其重要觀點，也就是說，這些人往往抱著「弱民主義」的思想對武俠的尚武崇俠進行抑制。至於那些養士之人則試圖利用武俠形成自己的強大勢力，或者維護國家政權，或者乘機篡奪政權，他們的養士以及對武俠的態度具有雙重色彩。許多失意的人物則多數讚賞武俠的爲人風範，如司馬遷在歷史上第一個給俠客立傳就在很大程度上與自己的命運有關。他的〈游俠列傳〉中的典型人物和事跡以及評價成爲後人津津樂道的武俠模式。

　　兩漢雖然出現了不少武俠，尚武之風也沒有比戰國時代徹底萎縮，甚至出現了豪強化、

集團化、穩定化特徵，但是，西漢三次大規模的對俠客的打擊還是表明了統治者對武俠的不可容忍的本質。雖然劉邦和劉秀等皇帝都曾經靠武俠打下了天下，但他們最終還是無法摒棄對自己存有威脅的武俠。

　　魏晉南北朝時期的戰亂環境和遊樂世風也為武俠的成長提供了條件，此時的武俠在亂世中再度擔當起了政治重任，但他們已經不復戰國時期的那種不羈的風範，而是具有了更多的為個人私利、個人政治前途甚至野心而鬥爭的功利色彩。

　　唐代世風開放、進取，俠風滲入到富豪、官員、商賈、文人甚至皇帝之中，幾乎具有了全面尚俠的傾向，但這種泛俠事實上也促使俠過早過多地世俗化甚至庸俗化。於是，唐代民間的隱俠才代表了前代的純樸俠風。

　　宋代商品經濟和城市文化的繁榮帶來了俠的全面世俗化，武林、綠林、秘密會社則為俠提供了更好的生存環境。當時邊境的危機以及政府對民間尚武的一度寬容，更是促使武俠獲

得了前所未有的發展機會，從此，中國武俠深入地到了民間的幾乎每個角落，成為中國古代大眾文化中極其顯赫的一種現象，對中國古代宗族、宗教、民風、民俗等各種文化類型都產生了深遠的影響。此時的政府嚴禁也已經無法遏制俠風的流播和傳承了，明代武俠也大體具有與宋代相似的發展背景和特徵。

元代和清代的統治者來自漢族以外的民族，他們對中原統治權的獲得和控制在很大程度上歸功於自身民族的尚武氣質，但他們真正成為中原的統治者之後，便極其嚴格地實行了嚴禁民間習武的政策。元朝先後二十次以上頒布過嚴禁百姓私藏兵器、結社練武、個體習武等類型的法令，甚至連百姓的金屬家用器皿也作過限制。如元朝曾一度對百姓的家用菜刀嚴格限制，不准每家每戶擁有菜刀。但這樣的極端禁武政策也並未完全摧毀武俠的存身之所，反而使自身很快被反抗力量所吞沒。

在推翻清朝統治的鬥爭中也同樣有過武俠介入，如孫中山領導的興中會，對會黨及江湖

人士也十分重視，在聯絡兩湖、閩粵的三合會、哥老會，準備武裝起義方面，做了大量工作。在起義過程中，又收編了許多會黨人物和綠林豪俠。一九〇〇年閏八月惠州一役，收編了黃福、黃耀廷、江恭喜等，一九〇二年除夕廣州一役，收編了曾捷卿、劉大嫻等人，一九〇四年九月長沙一役，收編了馬福益、何少卿等人，一九〇七年四月潮州黃岡一役，收編了余丑、陳涌波、余通等人。這些人不是會黨領袖，就是江湖游俠、綠林豪傑，有的兩者兼之。一九〇七年，革命黨人發動鎮南關起義前，孫中山到英屬的馬來群島和法屬越南，其中有綽號「燈筒」的綠林豪傑李福林來海防求見，願意在革命黨人在廣州發難時伺機響應，孫中山專函將其介紹給朱執信和馮自由等人，一九〇九年冬，黃興、趙聲等人圖謀運動廣州新軍起義之際，李福林即率各鄉綠林在外響應。一九一一年黃花岡一役，又率族人李雍、李湛、李伍平、李田等人，與番禺各鄉民軍齊集大水圳附近，接應城中起義軍。可以看出，

武俠作爲一種特殊的社會集群，始終沒有被統
治者的嚴禁所消亡，甚至成爲毀滅統治者的重
要力量。

　　綜合中國歷史上各個時代的武俠與政府的
關係，可以得出一個基本結論：作爲尙武藝和
重氣節的一個特殊階層，武俠在中國古代歷史
上往往受到統治者的嚴厲鎭壓，他們只是在亂
世才得到較寬鬆的發展條件，但是，中國文化
的多元化和中國武術的民間性、世俗化、中國
社會的多層次性等因素，使得武俠始終在時代
的精神素質中獨樹一幟，成爲不可泯滅的民族
剛性氣質的重要承載者，武俠氣質始終沒有因
嚴禁而消亡，其實也是消亡不了的。

二、宗門幫派——秘密會社與 武俠的組合機制

　　民間秘密宗教是與正統宗教相對應的組
織，它一般不爲上層社會所信奉，也不受當權
者的保護，而是下層平民百姓在自身思想情感

狀態下孕育出來的受當權者壓制和排斥的宗教。佛教和道教是中國社會正統的宗教，但是它們的一些分支教派也處於非法的境地，屬於民間秘密宗教。東漢末年的太平道、五斗米道屬於民間秘密道教組織，白蓮教來源於佛教彌陀淨土宗，明代的羅教屬於佛教禪宗教派。在武林、綠林和明清的幫會興起之前，秘密會社是中國最嚴密的地下組織形式，也是武俠出入、藏身的場所，而明清時期的幫會也成爲武俠的重要存身之所。

武俠進入宗門幫派是中國下層社會發展的結果，也是武俠在自身發展過程中逐步世俗化、大眾化的產物。雖然有些朝代的上層統治者也崇尚武風，但他們終究無法讓武俠長期堂而皇之地在正統社會和上層社會之列。況且，過多的上層人物和富家風流子弟等介入武俠，也使得武俠中的一些有識之士難以容忍武俠的庸俗化，爲了保持武俠的情操和氣節，一些武俠主動投身民間，在一個相對清淨的環境中尋找自我的發展空間。與此同時，各種秘密宗教

的巨大融攝力、武林的集群力、綠林的號召
力，也促使武俠進入這些宗門幫派當中。於
是，武俠就成爲徹底大眾化的中國民間文化的
一種承載體，他自身的武技、武德、氣質、風
骨等深受這些秘密組織的影響，同時也以自己
特立獨行的武風俠骨反作用於各種宗門幫派的
精神氣質。

　　在分析武俠進入秘密會社的原因時，我們
還注意到，中國古代武舉制的興廢是一個至關
重要的原因。唐代武則天最初實行武舉制時，
一般的百姓是沒有資格參與武考的；而到了宋
代以後，武舉制時斷時續，再加上平民缺乏準
備應付武考的條件，因此從百姓進入武官階層
的人數有限。但是，貴族子弟和官宦弟子透過
武藝進入上層社會的機會還是存在的，少數具
有武俠氣質和風範的習武者還是成爲封建統治
者的軍事力量。到了清朝末年，這個僅有的貫
通武俠與上層社會的武舉和武考制度也被廢除
了，一八九八年，清廷「內外臣工請變更武科
舊制，廢弓、矢、刀、石，試槍炮，未許，光

緒二十七年（一九〇一年），卒以武科所習硬
弓、刀、石、馬步射無與兵事，廢之」。武舉
制度及此後不久整個封建科舉制度的廢除，切
斷了中國習武者的仕途，直接和間接地沉重打
擊了士紳、貴族乃至新興資產階級的升遷幻
想，爲封建社會的超穩定控制體系準備了掘墓
人。

　　八國聯軍入侵北京以後，中國傳統的武術
教育也深受影響，清政府在利用義和團未能抵
擋外國入侵的情況下開始嚴禁百姓存置武器，
當時凡百姓存武器者，一被察覺，即由地方官
嚴加懲處。當時的政治中心北京，雖然仍有各
派、各門的武術專家，但他們傳授生徒已經不
如從前自由，必須經紳商擔保才能開業授徒。
此時，在正統社會中難以堂而皇之地立足的中
國武術在秘密會社以特有的方式發展壯大，使
得秘密會社成爲當時民間武術的重要集散地。

　　清代各類秘密結社的武術活動可以分爲三
類：會黨組織、民間宗教組織、拳會組織。其
中會黨組織以天地會的影響最大，習武風氣較

盛，以拳術器械為主，崍嚕是會黨中另一重要組織，清廷稱他們「學習拳棒……三五成群，身佩凶刀，肆行鄉鎮」，其成員後來有不少人參加了義和團運動。民間宗教組織以白蓮教最為著名，其支派八卦教和青蓮教的習武之風都很盛；拳會組織以義和拳和梅花拳的習武活動影響更大；民間宗教組織和拳會除器械外還習多種氣硬功夫。毋庸置疑，義和團運動與「甲午戰爭」和「戊戌變法」的失敗一同激起了廣大民眾的尚武精神，秘密會社中武術的發展也不可避免受到社會尚武精神及其帶來的民族凝聚力的推動，例如清嘉慶年間的川鄂陝大起義、本世紀初的義和團運動都與白蓮教不無關係。白蓮教結社的宗旨，一是傳布入教免劫、互助造福的教義，二是練習拳術、切磋武藝，在北方民間社會中頗有影響。

　　具體分析起來，秘密會社與武俠精神是結合了諸多組合機制的，而武俠作為秘密會社中武俠精神的體現者，無疑是這種組合機制中的重要環節。其一為共同的精神支柱，各種秘密

會社的誓詞、規約、儀式、傳說，深深滲透著
對於「平等」社會理想的嚮往。孫中山精闢地
指出，明清秘密會社「其固結團體，則以博愛
施之，使彼此手足相顧，患難相扶，此最合乎
江湖旅客、無家游子之需要也」。秘密會社與
武俠精神的組合機制之二為類親屬結構，它基
於中國平民階層源遠流長的「四海之內皆兄弟」
的人際關係的理想模式。秘密會社的類親屬結
構在總體結構上是以《水滸傳》的梁山泊聚義
為基本模式的，在具體的人際關係的橫向結構
上，又是以「桃園三結義」為表率的。秘密會
社與武俠精神的組合機制之三為神秘化的儀
式。秘密會社的儀式，調動了中國民間社會所
熟識的一切手段：器物、習俗、民間信仰、傳
播媒介等等。從本質上來說，它是充分世俗化
的，而非超越性的。正是有了這樣的社會基
礎，在清朝統治的末年，大量的秘密會社才能
存在下去，而武俠精神作為增強秘密會社凝聚
力的手段在其生存機制中占據了重要地位。

　　綜合起來，秘密會社武術活動的主要組織

方式分別是結盟習武、運氣符咒、教門化。它
促進了武術普及與交融，推動了武術更新與傳
承，武俠精神的內化使得秘密會社的凝聚力增
強。當時大量的以使用兵械而命名的組織（如
鐵鞭會、雙刀會、鐵叉會等），從一個面向說
明了當時民間武術的活躍，洪拳隨洪門組織的
擴散而傳播廣泛，也顯示了秘密會社對武術交
融的作用。

三、俠入江湖——鏢行與武俠的經濟生活

　　中國武俠出現於春秋戰國時代，而鏢行則
興盛在明清時代，武俠與鏢行的結合是武俠世
俗化的結果，是武俠在歷史的流轉變化中為自
己尋求的一種新的生存機制。當上層的政治紛
爭、國家的軍事鬥爭逐步排斥武俠之時，民間
的經濟生活中卻有了武俠的新的施展才能的天
地。

　　繼唐宋以後，明清是民族工商業進一步發

展的繁榮時期。由於交通不便，路途中又時常
遭盜匪劫掠襲擊，直接威脅著商賈行旅的人財
安全，於是便促生了進行有償保安服務的保鏢
行業。

　　在火器還不發達的冷武器時代，傳統武術
技藝是人們賴以自衛防身和進攻的主要手段。
除投身行伍、設館授藝之外，鏢行的出現無疑
為習武者開闢了一條立世謀生的用武之路，使
武俠得以直接服務社會、謀生自立，並促進了
中華傳統武術的發展。以大刀、形意拳、八卦
掌著稱武林的王子斌、李星階、梁振普等，都
曾是一代有名的鏢師。以連手短打（即「勾拐
子」）著稱的拳師劉占山，即出自其世代鏢師
的家傳，其祖父、父親都是恃武行鏢的鏢行從
業者。著名的秘宗拳第六世傳人霍恩第（霍元
甲之父），當年也曾為富商充當鏢師。

　　鏢局的業務歸納起來有六項，即走鏢、護
院、坐店、坐夜（作更）、匯款和保護庫丁。
這些業務無一不需要具有武勇和搏擊技能作為
保障，這就是武俠在鏢行中立足的根本。

走鏢是鏢局的主要業務，走鏢要有「鏢路」，按現代的術語來說就是「承攬業務的範圍」，在京杭大運河暢通時，北京鏢局最大的一樁買賣是走運河的水路鏢。老北京城裡有三多，一是王公勛戚多，二是達官顯貴多，三是富豪大賈多，這三種人都是「竊天下錢財以供己欲者」。為了防範賊人和冤家、對頭等的暗箭，故此北京城內的「宅門」多請鏢師駐府護院，以保生命財產的安全。北京城內的王公勛戚、達官顯貴、富豪大賈，是形形色色的消費市場上的大主顧，因此北京城內的各種商店、飯館、戲園子、保局（賭局）、妓院比比皆是，大小老闆們怕賊人偷，同時也怕「噶雜子」（老北京對歹徒、惡人的統稱）前來騷擾，所以也請鏢師來坐夜、坐店，確保財產安全和正常營業。

北京的一些大型鏢局受到唐代「飛錢」的啟發，也承攬起匯款業務來。由於大型鏢局的信譽高，分號和外櫃遍布半個中國，鏢路也是四通八達，所以開展匯款業務很是方便。具體

的辦法是「逢百抽五」，除巨額匯款外，鏢局一般不派專人送款，而是走鏢時順手就辦了。直到清末實行新政時成立郵傳部，鏢局的這項業務才終止。鏢局還有一項特殊的業務——保護庫丁。這些人利用職務之便在出入存銀的庫房時藉著在肛門裡、口裡、耳朵裡、鼻孔裡藏銀子而致富，但「噶雜子」欺負他們，他們又不敢報官，因此請鏢師保護。

　　解送「皇杠」是鏢局最愛受理的業務，解送「皇杠」雖然關係重大，但不用專門派人解送，而是將帶有官封的大元寶夾藏在其他貨物中運送，這不光是節省經費，同時也是安全上的需要，十萬兩銀子折合成市斤約六千斤（每斤按十六兩計算），雜在棉、麻、絲、綢、茶等包裝中很不顯眼，到京後即可獲得五千兩賞銀，真是何樂而不為。一旦經常受理解皇杠的業務，布政使、鹽運使等大吏還會給帶隊的鏢師委任個八、九品武官的虛銜，以便在和盜匪相遇時，持公文調附近的諸軍解圍助戰，所以解「皇杠」對鏢局來說是名利雙收的買賣。進

入二十世紀後新式的銀行、郵局、鐵路、海運
紛紛在中國興起，新開設的銀行、銀號，往往
也請鏢局派鏢師常駐，有大宗款項往還時大多
也僱鏢師解運以防止發生意外。當鏢局先後歇
業時，這些由鏢局派往銀號、商店、私宅的鏢
師大多變成了由雇主直接僱用的保鏢。

　　走會也是鏢局經常性的活動之一。走會的
組織較嚴密，人員大致分為兩部分，一為角
色，專習各種技藝，即演員；一為「管理」，
專管錢糧、行頭、箱籠。出行時，每副箱籠各
插三角旗四面，旗上繡會名，繫上串鈴，「一
經挑行，其響啷啷，聲聞數里」，極富有吸引
力。鏢局組織千里走會，從表面上來看是勞民
傷財之舉，其實不然，走會的效果是一箭雙
鵰，名利雙收。首先走會是為了進行宣傳，鏢
局的會隊確實闊綽，一個個會眾（鏢師）騎著
高頭大馬，後面跟著許多輛大車，車上裝載著
生活用品和走會時所用的「行頭」，隊前飄揚
著兩面大旗，上書「××鏢局××進香」和
「××鏢局××老會」。同時走會也是為了進行

「示威」，因為鏢局的會是結結實實的武會，大多是開路、五虎棍之類的行當。在名山古剎舉行廟會之時，武林高手往往擺下擂台，以武會友。走會產生了宣傳、示威的作用，使鏢局獲得了名，鏢局走一趟會，也就是走一趟鏢，而且是一趟最平安的鏢。官僚及其家人、商人往往在朝山進香期間請鏢師保護，地方勢力和劫匪一般也不刁難過境的會隊。鏢師們雖然一路辛苦些，準能得到一筆賞錢，所以北京各大鏢局的會眾，不但每年必在妙峰山、丫髻山開山門時去朝山進香，也不遠千里到泰安、揚州等地走會。

　　走會的名目眾多，有舞獅、龍燈、扛箱、小車、旱船、高蹺、開路、五虎棍等等，總之，「會」的內容大多和習武練功者相關聯，能夠組織起一夥人去走會，大多是習武團體、村社、鏢戶和鏢局，千里走會也只有鏢局才有這份人力物力。因為走會和走江湖賣藝不一樣，是一項自我娛樂的活動，途經城、鎮、村、集，地方上的人士「截會」是友好的表

示，走會的表演一場分文不取。

　　鏢師們參與跑馬、賽車和千里走會一樣，是為了做廣告。乘駿馬、挽強驟、奪賽車之魁首，是為了吊「秧子」們的口味，迫使「秧子」開口出大價，「秧子」傷財，鏢師才能發財。

　　鏢行自身形成了一個幾乎完備的企業制度，如果說鏢行是由鏢局、鏢戶和個體鏢師所組成，那麼三者間的關係有如現代行業中的大中型企業、小型企業和個體戶三者之間的關係。鏢局可以說是道道地地的民辦企業，鏢局所承攬的各項業務都是完全的商業交易。鏢局的企業性首先體現在國家的法律規定上，開辦鏢局要向地方官領取執照、繳納商稅，不但要呈官方註冊登記，還要有三家以上資產豐厚的大店鋪來當「店保」，鏢局一旦「丟鏢」，要賠償雇主的經濟損失，這是法律上的責任。從內部組成來說，鏢局有股東、掌櫃的、夥計、徒弟，四者按照不同的身分獲得工酬和紅利，完全是企業性質的組合。在對外展開業務時，以獨立的法人地位承擔責任和業務，進行獨立的

經濟核算，以營利為目的，以效益為中心進行商業活動。其核心是鏢行的武藝、武德，鏢局成敗的重要因素是依託鏢師的武藝而形成的在鏢行和江湖中的聲譽。只不過鏢局的經營方式不是以貨交易、以錢交易或以貨易錢的買賣形式，而是金錢和責任的交易──受人錢財，為人保安。

　　但鏢局這種企業確實具有特殊性，這種特殊性首先表現在鏢局建立的過程中和股份制度上。一個鏢局能否辦得興旺發達全靠人的因素。鏢局也有股東，每個股東的股份也不一樣，但每個股東領股的大小不是由出資多少決定，而是由能耐大小決定，是公議出來的，股份的多少決定分紅的數額，但也決定丟鏢時出錢賠償的份額，領股多的多賠，領股少的少賠。至少在鏢局的組建初期是這樣，後來形勢發展了，機構增多了，業務範圍和項目也有所變化，情況也有所變化，但基本框架還是不變。

　　鏢局的創建過程大致有三種形式，各有自

己的特色，三種特色匯集到一起，構成了鏢局的總體特色。一定地域內習武人的小團體基礎上組成的鏢局，一般互相有師承關係，自然是友情為重，所領的股份也比較平均，人際關係也比較平等。以習武世家為主體所建立起來的鏢局，在創建之初以血緣關係的長幼之序維繫著成員之間的關係，但它畢竟是鏢局。鏢局一般建立在中心城市裡和交通樞紐上，是按照商業布局的分布來選擇營業地點的，在經營方式上是招客上門的專業戶，其成員之間有固定的股份、工資，股東之間是組合關係，與鏢師之間是僱傭關係。創始之初的血緣關係、長幼之序，後來逐漸演化成了成員之間的恭悌之禮。清王朝鎮壓太平天國起義後，軍隊中一些原來的行武之人退役後，以義相聚，湊在一起開個鏢局共度餘生。以退役軍人為主體建立起來的鏢局，其成員之間的凝聚力是個「義」字，在戰場上共同出生入死，鏢路之中當然也是風雨同舟、患難與共了。這樣的一種鏢行規矩其實也是以武俠作為其核心所決定的。

　　由三種不同的原始型態組建而成的鏢局，
在組建的過程中、組建後的發展過程中都不可
避免地保留下一些自己原始型態時的特徵——
情、禮、義。而情、禮、義三要素匯集在一
起，也就構成了鏢局的經營方式、分配原則、
管理制度、人際關係等方面的特徵。鏢局在組
建過程中大多是合夥關係，幾個習武練功過程
中結交的好友或師兄弟，各自帶著武器、馬
匹，創辦了一個鏢局。鏢局的組織原則既不像
一般企業那樣是單純的僱傭關係，也不像軍
隊、衙門那樣是固定的上下級關係，所以鏢局
不像商號那樣設立了種種規章制度、獎懲條
例，也不像軍隊和衙門那樣官大一級壓死人，
層層管轄，禮節繁多，登記森嚴。一個鍋裡吃
飯，使鏢師們好像都是一個家庭的成員；血鐵
之災中生死與共，使鏢師們如同一個戰壕裡的
戰友。這是武俠世俗化的重要標誌。

　　由於鏢行的流動性工作特點，鏢行中的武
俠獲得了較其他領域的武俠更多的發展空間。
鏢局根據物流的走向，以及天時、地利、人和

的優勢，選擇自己的大本營和輻射地。北京的
大型腹地可以說是得天獨厚，雄踞京師可以輻
射河北、山西、山東、河南、安徽、江蘇、浙
江、湖北、陝西九省，北向可達熱河、張家
口、綏遠等將軍、都統的駐節地，確有通朔
漠、俯中原、連江淮、控秦晉之勢。

　　北京各大鏢局在鏢路的終點大多設有分
號，鏢路的終點一般是省會或將軍、都統的駐
節地。分號的任務是招攬生意，避免鏢師歸途
走空，同時也為了以分號為基地輻射周圍城
市。分號在附近城市設有外櫃，分號輻射外
櫃，就像總號輻射分號一樣，外櫃大多設在
府、道二級的行政中心或商業、交通的樞紐。
總號、分號、外櫃之間的關係十分複雜，歸納
起來不外三種：一是派出機構，在經濟上統一
核算；二是聯營夥伴，在經濟上各負盈虧；三
是類似今日企業和「三產」之間的關係。清代
的鏢局在三百年前就開創了這種經營方式，到
清末之時，已經發展得很完備了。總號向分號
輻射，分號向外櫃輻射，反過來外櫃又向分號

輻射，分號向總號輻射，大型鏢局就這樣形成了自己的鏢路網絡。總號的大掌櫃相當於今日聯營公司的總經理，總號就是今日聯營公司的主體企業，在聯營中起著主導作用。

鏢局都需要有後台，後台的勢力和影響與鏢局的活動範圍幾乎是相等的，這又為鏢局中的武俠提供了與上層社會交往的機會，促使武俠的社交範圍得到拓展，豐富了武俠的精神氣質內涵，同時也使部分武俠淪為朝廷鎮壓百姓乃至武俠的工具。大型鏢局的活動範圍幾乎達到半個中國，投考的「大門坎」也得是中央大員，所以北京會友鏢局利用給李鴻章護院的關係，請出這位文華殿大學士、一等肅毅伯、直隸總督、北洋大臣來當名譽東家。其他的大型鏢局也物色軍機大臣、各部尚書、侍郎為自己的後台，並打通沿途各省的三大憲衙門。鏢局不是富翁，更不是散財童子，各後台的關係不是銀子買出來的，主要是「趟」出來的，因為在郵政、鐵路沒有興辦之前，後台也確有不少事要讓鏢局代勞。

　　開鏢局的不會是達官顯貴，也不會是地主老財，大多數的鏢局是由習武朋友們自帶武器、馬匹組建起來的，櫃房是租來的，朋友們按照武功高低、能力大小計算人力股，掌櫃的是公推的，沒有只出資不出力，坐等年終分利的股東，這是由鏢局這種企業的特殊性質所決定的。首先鏢局幾乎是無本的買賣，其次是鏢局的業務範圍、業務能力、業務收入和從業人員的多少成正比，走鏢、護院、坐店、坐夜、保護庫丁都要一個蘿蔔一個坑，要穩紮穩打去幹，沒有什麼生意經和手段，買賣做大了，就得添人，添人就得添開支，不會有太大的盈利，一旦丟了鏢還得照價賠償。正是由於以上原因，有錢的人不會去開鏢局，富翁們也不會入股來當股東，當了多年掌櫃的也發不了大財，保了一輩子鏢也置不了幾頃地，混不上一個小地主。

　　一般的鏢師每月掙四、五兩銀子，武藝高強、德高望重的老達官，每月可掙到七兩二錢銀子。入鏢局就領工資，學徒也是一樣，未出

師也能掙上二、三兩，櫃上不但管吃，有時還發鏢服，特別是冬裝。清末光緒年間六品京官的年俸是六十兩、七品四十五兩、八品四十兩、九品三十三兩，外加俸米和冰碳。粗看起來鏢師確是高薪階層，一般鏢師的工資和六品京官不相上下，其實不然，清代的各級官員都不靠俸銀過活，外官刮地皮，京官靠外官調濟和吃孝敬，從一些雜談日記來看，清末的窮京官年開支都不下幾百兩銀子，都有私人的騾車，交遊應酬的開銷都不是小數目，沒有個千八百的銀子下不來。民元（一九一二年）之後鏢師的收入沒有增加，把銀兩折合成現大洋，鏢師的月收入在十元和四元之間，可是當時公立小學的教師月薪二十多元，京漢鐵路局的辦事員的月薪三十多元，各部主事在清朝也就是個六品京官，但月薪可達二百元上下，部裡的科長月薪總得近三百元。鏢師的經濟收入表面上沒有動，實際上在下降，但也沒有下降到貧困線以下，因為民元時一個巡警月薪是四塊大洋，巡警也是公家管飯，但沒有鏢局吃得好。

　　由於鏢局業務的特殊性，所以從業人員都是終身制，只要不虧德壞規，就不會被解雇。鏢局有添人的時候，有散夥的時候，卻沒有裁人的時候，全體成員共存共榮，可稱得起是「終身制的鐵飯碗」。所以鏢局都是進門難，對從業人員嚴加審查，不但要考核武功、人品，還有調查家世、師傳，一切合格後還要有三家鋪保，才能成為「櫃上」的正式成員。鏢師因傷致殘，家中無人的就在櫃上供養，老家有人願意還鄉的，櫃上花錢置上十來畝地，送上一頭騾子、一匹馬、一輛大車，好友們再幫他湊上一、二百兩銀子送他回鄉退養。鏢師以身殉職的，鏢行負責厚葬，送靈柩還鄉後，給遺屬置上十幾畝地，送上一輛大車和二頭牲口。家中如有兄弟子姪願意吃鏢行這碗飯的，鏢行也都挑一個收下，不是鏢師的材料，就在櫃上幹點雜活。鏢師告老前總能混個上中農，一些上層鏢師，由於「吃大股」，或當上了掌櫃的，所以積下了較多的銀子，或是工於心計，看得多了後，也搞起了捎、幫、帶，發了點小財，

告老還鄉時家中能置上上百畝地，當上了小地主，並且蓋上了新瓦房，開了磨坊、油坊、糧店等相關企業，日子過得挺「火紅」，大有家道中興的氣派，但這是百裡無一的鏢界幸運兒。鏢界改行的也有，但有富的，也有敗了的。本世紀二〇年代，中國最後一家鏢局宣告終止，武俠也隨之推出了歷史舞台，可以說，鏢局的沉浮其實就是武俠命運發展變化的縮影。

四、俠在民間──節令、合法社團與武俠的世俗化

　　在中國封建時代，節日集會往往在政府較少干預的情況下成為民間武術生存的溫床，武俠也往往藉助節令和合法社團得以生存。群眾利用節日集會表演武術，在中國的不少地方一直頗興盛，如清代北方民間逢節日所舉行的「武會」（又名「走會」）中便有各種武術表演和比賽。其中習矛槍的名「白蠟杆會」，按

《都門瑣記》：「白蠟杆者，矛也，以白木爲
柄，光滑如蠟，故名。會各數十人，人持一
杆，至場賽技，盡諸擊劍之法，分合變化，數
百杆如一杆，忽左忽右，觀者目追瞬之而不能
及。」表演飛叉的有「開路會」；弄棍的有
「少林棍會」、「五虎棍會」等。《民社北平指
南》敘述近代北方民間的武術活動說：「開路
會，本會所表演者爲鋼叉之戲，叉分雙頭與單
頭，各角色表演時，皆作赤臂，間雜其他武
器，各顯其技，以叉在身首之間，作種種飛舞
之勢，生龍活虎，畢現眼前，以其純粹把弄武
器，故推爲走會之首。五虎棍會，此會原分二
種，五虎棍爲本會之正工，表演董家五虎遇趙
匡胤打棗起釁，兄弟五人皆使三截棍，以相搏
擊，謂之五虎棍會。少林棍會，表演時分單個
練法及對手練法兩種，形勢極爲熱鬧。」其中
許多武術表演都是由武俠來完成的，他們在向
民間傳播自己高超武藝的同時，也將武俠精神
和氣質留在了百姓的意識中。

　　清朝末年，武術界又常有所謂「南派」、

「北派」之說，認為南派以太極拳、形意拳、八卦掌為主；北派的門類較多，有彈腿（譚腿）、查拳（叉拳）、八翻、少林、長拳、迷蹤、二郎、短打、地躺、劈卦、八極、紅拳、猴拳等等。從兩派所屬拳種看，南北之分，似以拳術的剛柔為據。近代還有以流傳地區為分類依據的，認為南派指長江流域一帶的拳術，北派指豫魯一帶的拳術；前者架式小而緊促，後者架式大而宏敞。門派的出現及其分類的多樣化也體現了當時民間武術較為興盛的狀況，也體現出武俠有了較大範圍和程度的流動性特徵。

其主要的流向是，多數習武之人隨著明清以來武術日益遠離政治中心的總趨勢，散落在社會各個角落，為了生存，他們不能僅靠練武，所以大多各操己業。有的人交往廣泛，而且孔武有力，便做起了保鏢，如汪十四、杜心武等。後由於官道日開，商旅往來日益便利，還有鐵路、通訊的出現，冷兵器時代的結束，鏢局生意日益清淡，於是一些民間習武者為富

豪看家護院，有的則來到城市設武館爲教席。還有一些習武者淪爲街頭賣藝者，此外，又有進入梨園戲班爲京劇演員練功、「說把子」的，有些還自己登台演出。清中後期以來，一批反映鏢師或江湖豪傑生活的武戲劇目不斷出現，與武術進入戲劇有密切的關係。此時，武俠精神已經支脈蔓延，似涓涓溪流匯入中國社會生活和民眾心態的洪流中。

　　清朝末年出現的一些武術社團就體現了我們前述的武俠世俗化特徵。

　　一九〇〇年，著名形意、八卦名家耿繼善所創立的「北京四民武術研究社」成爲當時武術名家薈萃之地，經常來往社內的武術家有形意拳名師李存義、尙雲祥、孫祿堂、劉彩臣、趙德祥等，八卦掌名家有程有信、劉鳳春等，以及太極名家吳鑑泉、吳圖南等。一九〇一年，著名武術家、形意八卦名師鄧雲峰與一名國子監武師拜訪耿繼善，後師從耿繼善，成爲武術大師，鄧雲峰成爲四民武術研究社第二任社長，學員一度多達二百餘人，分爲早、晚班

上課，持續數年之久，培養了大批武術人才，較爲著名的有吳子珍、李鋼、張文源，其子鄧文英、鄧文順等人。

一八九〇年前後由孫祿堂創辦的中國近代最早的武術社團「蒲陽拳社」在這一時期日益興旺，培養了一批武術人才，第一代弟子中享有盛名者有齊心博、裘德元、任彥芝、陳守禮、曹老欽等。一九〇七年，孫祿堂考慮到身處僻壤，不利於武術傳播，於是接受東北三省總督徐世昌的邀請到奉天指導武術，他在奉天還打昏俄國大力士彼德洛夫。

有「北方大俠」之名的天津人韓慕俠，從少跟隨義和團教練、形意大師李存義學武，後隨師任天津營務捕快十多年，屢破奇案。一九一一年，由李存義發起，在天津成立了「中華武士會」，以強身、健體、振興中華武術爲宗旨，主要成員除韓慕俠外還有馬鳳圖、葉雲表、劉錦卿等人。該會傳授少林、形意、八卦爲主的各種武術。

滿族武傑佟忠義（一八七九～一九六三）

於清末在宮廷任禁衛軍武術教官，此後在奉天和滄州開設鏢局。近代著名武俠小說家、湖南平江人向愷然（一八八九～一九五七）一九○七年赴日本弘文學院留學，兩年後回國在長沙創辦國技會。此外，清末的武術社團還有天津的「中華武士會」、青島的「中華武術會」、上海的拳術研究會（一九一一年由汪禹承、吳蔭培創立）等。

　　這一階段最著名的武術社團當推一九○九年由霍元甲創立的精武體操學堂，陳公哲等人在一九一○年將其改造爲精武體育會以後，繼承了霍元甲破除門戶之見的主張，而且在武術傳承方式上進行了一些新的創造，如將武術游藝大會作爲普及武術的方式，再如將武術與音樂結合創造「鳳舞」等進行表演，在群衆中深受歡迎。隨著精武體育會的日漸世俗化，「黃臉大俠」霍元甲的人格成爲精武精神的重要體現。有關霍元甲的影視和小說等直到今天仍是人們從武俠精神中尋找情感寄託和思想啓迪的重要媒介。

第八章
武俠遺風——
武俠的未來走向

一、俠歸何方

　　進入近代生活以來，武術面臨現代高科技武器和軍事、保安設施、警務設備等衝擊，逐漸縮小了自己的活動範圍，所謂武俠也漸漸在現代生活中消失，但武俠並非完全沒有容身之所，它依然在新的社會尋找到了新的生存方式，只不過影響範圍和程度已經大不如前了。

　　武術界流傳著這麼一句話：「三十年前將錢換藝，三十年後將藝換錢。」武術與金錢並

不是對立的。近年來，教拳謀生在中國大陸乃
至世界變成了一項時髦的職業，各式各樣的武
館、武術學校、武術院、訓練班如雨後春筍一
般紛紛湧現。半官方的保全公司也遍布中國大
陸，為大企業、大商號提供受過一定訓練的保
安人員。腰纏萬貫的富翁們已經不惜重金僱請
私人保鏢和護院，有的地方甚至重新出現了鏢
局，專職護送貨物錢財。

　　市場經濟的迅速發展和社會治安狀況的不
斷惡化與不夠穩定，是促使武術商品化的根本
原因，它帶來個體防衛意識不斷昇華的狀況，
促使有財和無財者均重視自身的保護。有農村
青年習武護身，也有浙江溫州青年富翁習武護
財護身的典型事例。

　　快用急學、立竿見影是當前武術商品化的
顯著特點，武學體系中最先轉化為商品的是實
戰技擊部分。於是，目前短時間出現了許多絕
世奇功和絕藝大師，神化和虛偽的武術不斷出
現，欺騙習武者的現象也屢見不鮮。

　　中國大陸在五○至七○年代對民間武術進

行了比較嚴格的控制，曾經一度禁止成立武術
社團。八○年來以來，放寬了這方面的政策，
加強了對武術社團的管理，從一九九一年開始
進行全國「武術之鄉」評選活動，目前中國大
陸的武術館校超過一萬二千所，大部分屬於在
體育管理部門註冊的社團。國家體育總局武術
運動管理中心一九九五年底召開了一次全國社
會武術工作會議，出版了《關於經營性武術館
校的管理規定》，加強對民間武術社團的管
理。

　　當前中國大陸的武術隊伍可以分為三類：
體育院校武術專業培養的學生和各級武術運動
隊，可稱為「新式科班」；各地民間拳師和民
間武館培養出來的弟子，算「傳統科班」；不
拜師以自學為主的「非科班」。這將帶來門派
意識的淡化，對加強中國武術的凝聚力產生深
刻影響，也使得培養出來的武人相對具有兼通
各門武功的特點。

二、俠音在耳

　　中國古代俠的存在是以其超人的武藝爲基礎的，而現代社會冷兵器已經在戰場搏鬥中喪失了地位，在個人正當的防衛行爲中，由於百姓攜帶冷兵器受到國家法規的限制，也只有拳腳功夫才能派上用場。但當試圖侵害他人的歹徒事先準備好了刀劍甚至槍支的時候，百姓的拳腳功夫也往往受制。

　　當然，普通百姓還有不少需要徒手搏鬥技能的場合。如在公共汽車上搶劫的歹徒往往人單勢孤，百姓雖然缺乏武藝，但只要團結對敵，稍微具備一點搏鬥技能就有可能制服歹徒。

　　所以，雖然現代社會「武」和「俠」的內容及其地位已經發生了變化，但是，具備一點基本的自我防衛技能，養成自我防衛的良好意識和精神狀態對於每個人來說也是必要的。這

就使得當前時代每個人的武技和俠風也顯得並非可有可無。培植自己的防衛技能和形成積極的防衛精神其實就是繼承中國古代武俠的傳統。

　　從這個意義看，人人都需要尚武精神。

　　但現實是目前「武」的味道已經逐漸變質，它使得「俠」也難以在現代社會立足。目前中國大陸武術培訓過程中遇到的種種問題就反映了這一點。

　　近代以來，武術就逐漸被視為一種體育形式，逐步導入競賽的範疇。而體育競賽的文明和直觀判別等特性，使得武術中的實戰技能逐漸喪失了存在的條件。古代武術擂台賽往往要簽定生死文書，因為當時的武術對打是全面攻擊和全面防禦的，也就是說，人體的每一個部位都可以用來攻擊對手，相應的，自己的每一個部位也要防止對手的攻擊。這樣的比試方式往往會對生命構成威脅，因此需要事先約定。而現代體育比賽中的武術散打則限制了擊打部位，還配備了護具，進入了文明比武的行列。

這種符合時代潮流的變化固然帶來了文明的比賽方式，但它也使得那種以生命爲賭注的武術技能失去了存在的條件。難怪近年來出現過摔跤手、拳擊手經過短期訓練擊敗武術散手高手的事情，也有許多外國技擊能手哀嘆失去了眞正的武林高手。目前散打比賽中產生的所謂武林高手是在規則限定下產生出來的優勝者，他們的武術技能在實戰中的威力大打折扣。

　　筆者分析，這種將武術逐步導入喪失技擊性的軌道，固然是時代潮流所致，但也與人們對武術技擊價值功能的迷失有很大關係。有關武術價值功能的認識和實踐是一個關係到武術發展方向的關鍵問題，它規定著武術發展的目的、方法、手段等許多具體問題。近代以來，武術價值功能的爭論不斷，至今未息，爭論的結果往往直接影響同時期武術發展的特徵。

　　中國大陸在八〇年代以前，「武術技擊論」受到了抑制，武術的健身功能被提到最高甚至唯一的高度，武術審美、娛樂功能也一度受到過重視。八〇年代以來，隨著思想的解放和國

內形勢的變化，這一問題再度成為爭論的焦點。武術的技擊本質逐漸得到多數人的認可和肯定，有人認為，武術的職能不是健身，健身的運動是體操。武術的職能不是娛樂，娛樂的運動是舞蹈。武術的職能是保存自己消滅敵人！有人認為，練武未必長壽，武功高低與壽命無關，就延年益壽而言，練哪種拳的效果都差不多。

這些觀點的出現也有著很鮮明的現實背景。當前健身養生武術多、技擊武術少的狀況，促使人們呼籲技擊武術本質的開發，當前習武者技擊能力的不足更令許多有識之士感喟中國武術技擊功能的喪失。一九九一年國際拳王爭霸賽在香港舉行，三位在中國享有盛名的散打冠軍身穿護具與不穿護具的泰拳手比賽全部敗陣。而日本創立踢拳道擊敗泰拳之後，中國武術界的一些人士更是極力倡揚武術的技擊功能，有人建議以實戰技能強的真正武術家與世界搏擊高手鬥技爭高低。他們認為，武術是人與人搏鬥的技術。

　　武術傳授中的虛假行為也促使人們強調武術的技擊功能。近十幾年來，武術界出現了神化武技、神化傳人的現象，出現了創造所謂新式絕命奇功的宣傳。而事實上有些號稱「大師」者不堪一擊，甚至有些拳師為了消除外國人對其技擊能力的疑慮，而採用突然襲擊的方式把外國武術愛好者打傷。這種現象反映出少數中國拳師教學時定格在某一形式下進行，自身沒有把握戰勝外國徒弟，因此偷襲取勝，它引起了外國人的反感，也使真正關心中國武術的人們感到羞恥。

　　武術被隨意異化也使得許多有識之士呼籲重視武術的本質開發。有人強調，武術是由搏擊而生發，演變成武功、武藝、武德的總和人體文化。中華武術的精髓在於技擊，武術走出國門必須重視技擊，這是一些不希望中國武術本質異化的人們發出的真誠警言。

　　令人欣慰的是，目前社會上人們個體防衛意識的強化已經開始促使武術技擊功能受到了提倡，近年來截拳道的興盛與大成拳的倍受歡

迎就是這一現實的反映。他們認為，武術就是
打人的功夫，沒有一種法律手段可以完全消滅
暴力犯罪，必須自衛。目前按照院校和運動隊
系統學習武術者往往在實戰技能上顯得薄弱的
現實，促使人們呼籲重視武術的技擊能力的培
養。目前練太極拳的老年人多，青年人少；而
太極拳愛好者與人交手失敗者多，推手比賽被
認為四不像；不少散手運動員在與拳擊甚至摔
跤運動員的實戰中往往處於下風；這些現象的
出現雖然不是武術本身的過錯，但它也在客觀
上強化了人們的武術技擊本質觀念。

　　當然，人們也必須承認，武術還具有審
美、娛樂和健身等價值功能。當前武術美學意
識的擴散和武術逐步成為人們生活方式和存在
方式，乃至人生歸宿的現實，也反映出武術價
值功能的多元。許多人認為習武是強身健心的
良方，武術重在自養，更有人認為職業搏擊把
向暴力宣戰的運動變成了宣傳暴力的運動，把
聲討暴力的運動變成了欣賞和讚美暴力的運
動，把為真善美聲張正義的運動變成了出售血

腥和殘忍來營利的商業運動，把正義戰勝邪惡
的運動變成了為名利同室操戈自相殘殺的運
動，把喚醒民眾的良知和正義感的運動變成了
幸災樂禍、追求血腥刺激的運動。拳學修鍊必
須順應生理，符合物理，照顧心理，體現哲
理，成為一門有益於自身，同時也有益於社會
的學問。

　　筆者的基本立場是，在社會治安需要人們
具備自我防護能力之時，強調武術的技擊功能
是必要的，而武術的其他功能也往往會隨著時
代需要而得到實現，因此，我們必須樹立以技
擊功能為核心的武術價值功能多元一體的觀
念。武術的競技、健身、娛樂、養生、教育、
制勝、習技等多重功能之間的關係是多元一體
的，它的最基本表現形式是技擊，沒有技擊的
身體動作就不是武術，而只是一般的身體活動
或一般的體育，即使是套路也具有假想應敵的
涵義。從哲學的體用觀來看，武術是體用運
動，練己為體，對敵為用。許多有關的觀點其
實也揭示出這個道理，如「練拳不練功，到老

一場空」，說明傳統拳術的上乘門派講究拳功一體，功力是絕對的，技術是相對的。

　　武俠已經成了歷史，但他們的尚武精神在現代社會仍具有值得我們繼承的積極價值。

　　我們的耳邊正在響起俠音，這是武俠發自內心的深沉呼喚！

參考書目

王立（1996），《中國古代的豪俠義士》，合肥：安徽人民出版社。

任海（1991），《中國古代武術》，北京：商務印書館。

任海（1996），《中國古代的武術與氣功》，北京：商務印書館。

李力研（1998），《野蠻的文明——體育的哲學宣言》，北京：中國社會出版社。

汪涌豪（1994），《中國游俠史》，上海：上海文化出版社。

汪涌豪、陳廣宏（1996），《游俠人格》，武漢：長江文藝出版社。

徐斯（1995），《武俠的蹤跡——中國武俠小說史論》，北京：人民文學出版社。

國際體委武術研究院（1997），《中國武術史》，北京：人民體育出版社。

陳山（1992），《中國武俠史》，上海：上海三聯書店。

陸草（1990），《中國武術與武林氣質》，鄭州：河南人民出版社。

陸草（1996），《中國武術》，廣州：廣東旅遊出版社。

程大力（1995），《中國武術——歷史與文化》，成都：四川大學出版社。

閭泉（1995），《江湖文化》，北京：中國經濟出版社。

黃偉、盧鷹（1994），《中國古代體育習俗》，西安：陝西人民出版社。

董躍忠（1995），《武俠文化》，北京：中國經濟出版社。

路雲亭（1997），《競技·中國——競技文化與中國的國民性》，北京：中華工商聯合

出版社。

劉峻驤（1996），《東方人體文化》，上海：上
　　海文藝出版社。

蕭放等（1994），《中國古代俠客傳奇百例》，
　　北京：中國華僑出版社。

韓雲波（1995），《人在江湖》，成都：四川人
　　民出版社。

韓雲波（1995），《誰是英雄》，成都：四川人
　　民出版社。

韓雲波（1995），《劍氣橫空》，成都：四川人
　　民出版社。

韓雲波（1995），《俠林玄珠》，成都：四川人
　　民出版社。

曠文楠等（1990），《中國武術文化概論》，成
　　都：四川教育出版社。

武俠文化　　　　　文化手邊冊 54

著　　者／易劍東

出 版 者／揚智文化事業股份有限公司

發 行 人／葉忠賢

執行編輯／晏華璞

登 記 證／局版北市業字第 1117 號

地　　址／台北市新生南路三段 88 號 5 樓之 6

電　　話／(02)2366-0309　2366-0313

傳　　真／(02)2366-0310

E - m a i l ／tn605547@ms6.tisnet.net.tw

網　　址／http://www.ycrc.com.tw

郵撥帳號／14534976

戶　　名／揚智文化事業股份有限公司

印　　刷／偉勵彩色印刷股份有限公司

法律顧問／北辰著作權事務所　蕭雄淋律師

初版一刷／2000 年 12 月

定　　價／新台幣 150 元

I S B N ／957-818-186-8

國家圖書館出版品預行編目資料

武俠文化 / 易劍東著. -- 初版. -- 台北市：
　揚智文化，2000[民 89]
　　面；　公分. -- （文化手邊冊；54）
參考書目：面
ISBN　957-818-186-8（平裝）

1. 武俠小說 - 作品研究

857.9　　　　　　　　　　　　89012130